ARTIK *DAHA* **GÜÇLÜYÜM**

ZEUS KABADAYI

.... / .... / ....

Hayykitap - 769
Edebiyat - 144

Artık Daha Güçlüyüm
Zeus Kabadayı

Kapak Tasarım / Sayfa Tasarım ve İlüstrasyonlar: Emine Yıldırım

ISBN: 978-625-7909-77-8
1. Baskı: İstanbul, Eylül 2020

Baskı: Yıkılmazlar Basım Yay.
Prom. ve Kağıt San. Tic. Ltd. Şti.
15 Temmuz Mah. Gülbahar Cad. No: 62/B
Güneşli - İstanbul
Sertifika No: 45464
Tel: 0212 630 64 73

Hayykitap
Zeytinoğlu Cad. Şehit Erdoğan İban Sk.
No: 36 Akatlar, Beşiktaş 34335 İstanbul
Tel: 0212 352 00 50 Faks: 0212 352 00 51
info@hayykitap.com
www.hayykitap.com
facebook.com/hayykitap
twitter.com/hayykitap
instagram.com/hayykitap
Sertifika No: 12408

ARTIK *DAHA* **GÜÇLÜYÜM**

ZEUS KABADAYI

Zeus Kabadayı

Zeus Kabadayı, 1990 İstanbul Üsküdar doğumludur. "Hayalim", "Karanfil" ve "Haykırış" isimli üç müzik albümü çıkardı. Youtube'da senaristliğini ve yönetmenliğini üstlendiği Yarabandı isimli dizinin aynı zamanda oyuncu kadrosunda da yer aldı.

Hayykitap'tan yayımlanan kitapları:
Artık Daha Güçlüyüm, Eylül 2020
Mutlu Olmak İstiyorum, Ekim 2019
Sevseydi Gitmezdi, Mayıs 2018
Beni Neden Sevmedin?, Ekim 2017

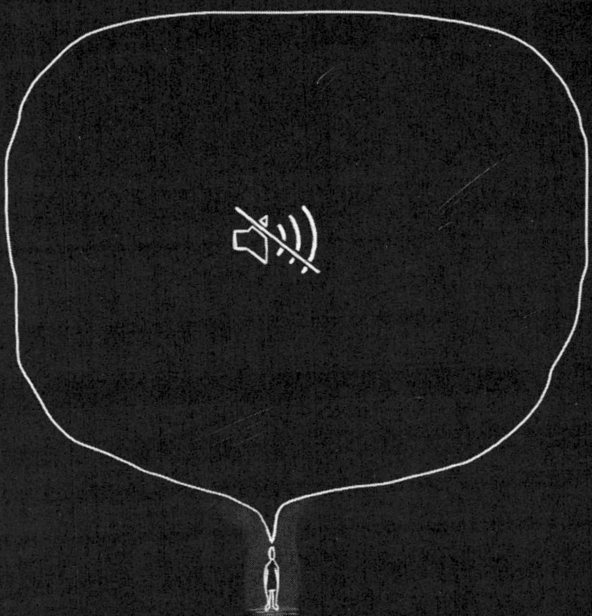

SESİM VAR AMA DUYAN YOK

Sesim var ama duyan yoktu. Ben de içimden konuştum. Biliyorum öyle anlar oluyor ki çığlıklar atıp yeter demek istiyorsun. Sakın bir tek benim mi başıma geliyor diye düşünme. Korkma, bana da oluyor hep. Bir yanım sus dese de bir yanım kalk şu masaya bir yumruk at diyor.
Neden sürekli bunu çekmek zorundayım diyor musun mesela sen de? Sabah uyanınca tartıya bakıp yarın çıkarım, dün akşam çok yedim diyor musun ya da?

İtiraf et, diyorsun.

Çünkü sen bensin ben de sen...

Tanışalım, ben iç sesin.

Bugün ne karanlıktan kork ne de o iğrenç pazartesilerden. Bugün ne özlemekten kork ne de yemeğin altının yanmış olmasından.

En fazla bir kere daha yaparsın olmaz mı? Ya da boşver, çıkar telefonu bir yemek söyle, ne fark eder?

Hayat seni bu şekilde mi yenecek? Bunlar mı seni pes ettirecek?

Karanlık hiç bir zaman seni içine çekEmeyecek ve emin ol O pazartesiler hiç bitmeyecek.

Özleme konusuna gelirsek, zaten gitmek için gelmediler mi? Sahi neden geldilerki? Hayatımızı mahvetmek için mi? Karşına alıp şöyle, "ya arkadaş sen bana bela olmak için mi geldin?" demek istemedin mi hiç?

İtiraf et istedin, hatta yetmez bir de önünde duran kahveyi de onun üstüne dökmek geldi içinden.
Merak etme, sen dökmesen bile karma diye bir şey var nasılsa. En güzel zamanında dökülmüştür ya da dökülür onun da üstüne kahveler, çaylar, pastalar.

Pastalar demişken, biliyorum pastayı sen de çok seviyorsun.

Şimdi ya kalk bir pasta yap ya da çok üşendiysen söyle gelsin. Boş ver, kilodur verilir, candır çeker.

Ama unutma,

"Hiçbir pasta, hiç bir zaman, ilk öpücük kadar tatlı olmayacak."

Şimdi önünde duran o pastadan bir çatal al ve o ilk öpücüğü hatırla.

Hatırlarsan hatıra, gülümsersen aşk olur.

Ve her aşk gülümsemeyi hak eder. Sen gülümseyince çok güzelsin. Bana inanmıyorsan git aynaya bak ve yine çok üşendiysen çıkar telefonunu, aç ön kamerasını ve gülümse!
Gör kendini.
Hatta şimdi çek fotoğrafını ve paylaş, altına da şunu yaz:

Bir pasta kadar olamadın. Suç bende değil, suç sende…

ANNEM'E

Sorunlarına bir ara verip kendine bir kahve yapmak ister misin? Çünkü saklanmaya çalıştığını görüyorum. Merak etme ben de çocukken görünmez olmak isterdim bazen. Çünkü daha çocukken anlamıştım bu hayat çok zordu ve ben üstesinden nasıl geleceğimi bilmiyordum.

Bilmemek ayıp değil öğrenmemek ayıp diyerek okula gitmedik mi zaten? Bu arada okulda öğrendiklerini kim hayatta kullanmıştır? Ya da annemin yaptığı peynir ekmeğin tadı neden şimdi aynı değil? Ekmek de aynı peynir de. İlla çocuk mu olmam gerekiyor aynı tadı almak için?

Bir zaman makinesi olsa geri gider miydin? Bence giderdin. Peki şu anda farkı ne diye sorduğum zaman kendi kendime nefret ede ede iki cevabı var diyorum. Hem büyüdüm. Hem de annem yok..

Annem öldükten sonra hiçbir ekmek peynirin tadı aynı gelmedi. Cevabını bildiğin sorulardan sen de nefret ediyorsun biliyorum.

Keşke annemin öldüğünü bilmeseydim diyorum kendi kendime. Ne olurdu hayat bir oyun olsa? Ben 10 yaşında kalsam, annem de hiç ölmeseydi?
Olmazdı değil mi?
Çünkü zaman yakandan tutup okuldaki öğretmenler gibi, yaramazlık yapınca kapıdan dışarı atar. Ve ne kadar özür dilersen dile seni içeri almazdı. Şimdi ne zaman ekmek arası peynir görsem annemi hatırlarım. Ve özür dilerim anne, zamanında eline sağlık demediğim için. Çünkü senden sonra hiç ekmek peynirin tadı aynı olmadı. Zaman nereye giderse gitsin ben olduğum yerdeyim ve hiçbir çocuk annesiz kalmamalı. Ya da annesiz kalan çocuklara okuma yazma öğretilmemeli. Çünkü hiçbir çocuk annesinin mezar taşını okumak istemez.
Sen de aynısın ben de. Zorluklarla savaş vermeyi, annesiz kalmayı, aşka gülüp geçmeyi ve her sabah aynadaki insana sen kimsin demeyi iyi biliyoruz...

Hayallerimiz çocukça olsa da bir uçurtmanın peşinden koşsak da hayat yarım bırakmayı sever.
Yarım kaldıkça yarısını arar insan..
Yarısını bulunca da bırakmak istemez.
O yüzden ne hayallerini çöpe at ne de yarını bulunca tam olmaktan vazgeç.
Müsait bir yerde giden gidebilir ve söz veriyorum ben her zaman burada olacağım.
Ben iç sesin.
Unutma...

KADER İŞTE

Kapının aralığından gelen rüzgar gibiydi değil mi?

Bir yandan hoşuna gidiyor ama üşütüyordu.
Bir bakışıyla dağlarımı yerle bir edebilir, beni de altında bırakırdı.
Sahi neden böyleler? Neden dostlarım hiç beni düşünmüyor, herkesin sadece kendine olan bu düşkünlüğü neden?
Sen elinde avucunda ne varsa hazır olarak bekliyorsun, neden?
Bu kadar değersiz miyim diye düşünürken kendini buluyorsan merak etme, benim de çok saatlerimi geçirdiğim oldu böyle.
Taş kağıt makas oynardık çocukken. Ben oradaki taş olmak isterdim hep.
İnadına taş olmak.
Kağıt beni sarabilir. Kağıt annemdi.
Makas ise dostlarım, ne yaparlarsa yapsınlar kıramazlardı beni.
Keşke yeniden çocuk olsam diyorum kendime.
Ama yenilen taraf ya da kaybolan taraf ben olmak istemezdim.
Çünkü ne zaman saklambaç oynasak gelip beni kimse bulmak istemezdi.

Ben iyi saklanmazdım halbuki.

Vardım ama görmezden geldiler. Sahi görseler ne fark ederdi ki?
Canının yandığı kadar yakmaya çalışma.
Çünkü biliyorum, içindeki merhamet yüzünden, yaktığın

candan daha çok yanıyor senin canın.
Şimdi tamam diyorsun bir şeyler için ama gerçekten tamam mı her şey?

Sen ne kadar beyaz olursan ol gelip üstüne yazılar yazıyorlar.
Bunun adına kader diyorlar.
Bu bir isyan değil sadece soru?
Kaderin bu kadar kötü olması bir sınav mı?
Ya da sadece benim mi kaderim kötü?
Bu sorular büyür gider.
Sen de yaşlanırsın.
Sırtında kemer iziyle yaşamak nedir bilen var mı diye sorarsan, bazı çocuklar öyle büyürler.
Bazen de bir çocuksundur annen gözünün önünde baban tarafından öldürülebilir.
Kader ya…
Olur işte…

Hayatta kalmak amaç olmalı. Nefes almak, sevdiklerimize daha da sarılmak.
Sarmaşık gibi…
Kopmayan bir dal gibi…
Kırılsan da tamir eder gibi…
Sen gibi…

Neler gördün bu hayatta sor kendine, bunu mu aşamayacaksın?
Sevgilin seni terk etti diye kendini parçalayacak mısın?
Sana bir sır vereyim mi, parçalarsan kimse toplamaz.
Şu etme bulma dünyasında tek duracağın nokta burası olmalı.
Herkes birileri için bir şeyler yapabilir, sen kendin için yap.
Önemli olan tek başına uyumak değil, uyanabilmek.
Uyan.
Çünkü sen bu kabustan çıkabilecek tek varlıksın.

USTA

Her şeyi deniyorsun ama olmuyorsa...
Deneme.
Bazen denemeyi bırakmak gerek çünkü bir şey olmuyorsa, olmuyordur zorlamanın anlamı yok.
Örnek mi istiyorsun, kendi hayatına bak. Sevgilinle yaşadıklarına bak mesela.
Ne yaparsan yap mutlu edemiyorsun onu ya da edemeyeceksin.
Senden bir kuru günaydını eksik edip herkese gülümseyen bir insan, sana ne verebilir?
Mutluluk mu? Huzur mu? Yoksa kalp kırıklığı mı?
Doğru cevabı biliyorsun.

Hayat her zaman gülümseyebilir ama kırılan kalpler hiç bir zaman gülmeyecekler.
İşin sonu neye bağlanıyor biliyor musun? Sen bilirsin'e.

Hayat bu kadar kolay aslında karşındaki insana sen bilirsin dersin ve devam edersin, devam etmeyelim de yarı yolda mı kalalım? Bıkmadık mı artık yarı yolda bırakıp gidenlerden?

Ya da ben daha ne kadar yolda kalacağım merak ediyorum. Madem yarı yolda bırakacaklar o zaman çekici parasını da verecek bu arkadaşlar. Hem su kaynattırıyorlar hem de kendi kendine tamir olmanı istiyorlar. Kimse kusura bakmasın da ben ne arabayım ne de bozulunca kendi kendini tamir edebilecek bir usta.

Tanıdığım tek bir usta var benim, o da ALLAH...

Ne güzel yaratmış beni seni en fazla da onu.

Allah sana da 10 parmak vermiş bana da, ne eksik ne fazla derken hayat sanayilerde parça aramakla geçiyor. Biri gelip çarpıyor, gidip bir zımpara, boya bulayım derken hayat geçip gidiyor işte.

Ama kimse suç ben de demiyor çünkü hayatta hiç bir aşkın sigortası yok.

Hayat korkulacak kadar kötü bir yer değil yine de.
Evet bazen kötüler kazanabilir, biri gelip size çarpabilir ve kendinizi bir anda hastanede serum yerken bulabilirsiniz.
Ama hiç bir şey düzelmeyecek diye bir şey de yok.
İyiler kazanabilir. Zaman durabilir ve sen yeniden sevebilirsin.
Olamaz mı? Olur bence.
Hiç bir zaman o kazalar bitmeyecek ve her kazanın bedelini evet sen ödeyeceksin. Yoruldun mu çare aramaktan, her seferinde yanılmaktan, kendi kendini onarmaktan?
Tanıdığım iyi bir usta var demiştim.
Ben her zaman O'na gider ona sığınırım.
Ve ALLAH'ın bugüne kadar hiç kimseyi geri çevirdiği görülmemiştir.
O tanıdığım en iyi ustadır.

Vazgeçtin.

Bitti.

Oysa neler neler başlayabilirdi.

BAŞARAMAYACAKSINIZ!

Eskiden her şey daha güzeldi diye düşünüyorsan, şimdi ile farkı nedir diye sormak istiyorum.
Hala mutsuzsun, o zaman da mutsuzdun. Sevgilinle yada eşinle kavgalıydın.
Yine faturalar vardı ve yine avazın çıktığı kadar bağırsan da kimse duymuyordu.
Taşı sıktım suyu çıktı ama artık çok cıvıttılar bu hayatı.
Denedim, denemekten hiç de utanmadım.
Kırdılar kanadımı diye uçmaktan vazgeçmedim. Maviyi hiç unutmadım.
Unutturmaya çalıştılar, hep hatırladım.
İnsan ilk aşkını nasıl unutur? Kalbinin taştan olması gerek.
Ve keşke her şey taştan ibaret olsaydı, o zaman ne sen üzülürdün ne de ben...
Eskiden ne mi güzeldi?
Mesela annem hayattaydı. Ya da oyuncaklarımız vardı sadece.
Sorumluluk denen şey henüz girmemişti hayatlarımıza, sorumlu olduğum tek şey kendimdim.
Şimdilerde neden sorumlu değilim diye düşünüyorum...

Herkesin bir çatı katı hayali vardır, sonsuza dek orada yaşamak. Ama kimse düşünmez yazın sıcaklarını, kışın soğuklarını, o evin ihtiyaçlarını, temizliğini, sorumluluklarını.

Ben de aynı şekilde düşünmedim geleceğimi, öylesine yaşadım, akışına bıraktım.

Şimdilerde kim kirli değil?
Kim tertemizim diyebiliyor?
Kim memnun yaşadığı hayattan? Kim pişman değil?
Gelişine vurduk sen de ben de...

Gol oldumu bilmiyorum. ama kale bomboştu.
Onu da yeri geldi atamadık..
Kazma dediler bir sap olamadık.
Ama sonucunda hepimiz şunu dedik:

Bu benim hayalim,
Bu benim dünyam,
Bu benim şiirim,
Ben hatalarımla güzelim.

Eğer birisi benim hatalarımı düzeltmek istiyorsa eli boş gelmesin. Bir paket sigara alsın mesela gelirken. Konuşacak çok şeyimiz var.

Bir de şöyle bir şey var, neden benim hatalarım?
Bırakın arkadaş, ben böyleyim demek gelmiyor mu içinden?
Geliyor, biliyorum.
Ben böyleyim diye beni sevmeyeceksen sevme demek gelmiyor mu?
Geliyor.
Beni yokluğuyla cezalandırdığını düşünenler yarın ne yapacaklarını bilmeyen insanlar.
Bırakın istediğimiz kadar nefes alıp, istediğimiz şeyi yapıp, istediğimiz diyarları görelim.
Bir otobüs bileti kadar kolay olan dünyamı başıma yıkmaya çalışmayın.

Ben gideceğim yerlerde seni her zaman hatırlayacağım. Ama sen artık beni üzemeyeceksin.
Anılarıma kötü anlar eklemene izin vermeyeceğim.
İnsanlar ne kadar kötü hatırlatmaya çalışsalar da kendilerini, ben her şeye inat, onları güzel hatırlayacağım.

AFİYET OLSUN

Canın yanıyor mu hala? O ağrı öylece duruyor mu aynı yerinde?
O kadar zaman geçti ve sen hala üzülüyorsan, hala seviyorsun demektir.
Tek ben mi gizlemeye çalışıyorum diye düşünüyorsan merak etme, ben de öyleyim.
Artık üzüldüğümüzü bile gizlemeye çalışır olduk, kimse görmesin istiyoruz bu halimizi çünkü üzülmek güçsüzlük artık bu dünyada.
Kim üzülüyorsa bir tekme de başkası gelip atıyor.
Neden peki kimse yaralarını sarmak için gelmiyor? Kanadın kırılmış, ben merhem olayım demiyor?
Belki de demek istemiyorlar…
Ama inançlar bitmeyecek, bunu sen de çok iyi biliyorsun.
Bir gün senin kadar yaralı, kolu kanadı kırılmış biri çıkıp gelse ve bana sarılır mısın dese, sarılır mısın?
Bence sarılırsın.
Dünya da en güzel aşklar her zaman böyle başladılar.
Ve biliyor musun sen en güzel aşkı hak ediyorsun. Sen duygularını gerçek yaşadın, gerçekten hissettin ve gerçekten kanadın. Yalan yoktu duygularında, kimsenin duygularıyla oynamadın. Bu kadar yaralanmanın sebebi bu. Herkes bir yalanın peşinde koşarken sen oturdun yaralarına sarıldın.
Çünkü gerçektin.
Yalan gerçeği yaralar.

Olsun.
Bu dünyada her zaman yaralı insanlar olacak ve onlar

birbirlerine merhem olacaklar.
Eğer sen de buna inanıyorsan yapman gereken tek şey şu.
Gülümse.

Bunu çok duymadın belki ama gülmek sana çok yakışıyor.
Bu hayatta yalnız kalabilirsin, acı çekebilirsin, ağlayabilirsin…
Hayat sana hep çirkin yüzünü gösterebilir ama emin ol, hayat sen güldükçe ve senin güldüğün kadar güzel.
Bir yaş pasta kadar mutluluk, hepsi bu.
Diyelimki unutuldun doğum gününde, kimse kutlamadı, yalnız kaldın. Olsun. Kendi pastanı kendin al mesela.
Ne var yani tek başına kutladıysan doğum gününü?
Ve ne var yani yaşlandıysan?
Zaman çok çabuk akıp gidiyor ama onu yakalarsan zaman da güzel. Kaçarsa şayet bu zamanlar, keşke dersin. Keşke dememeli bu hayatta.
Bu da mı gol değil dememeli.
Avazın çıktığı kadar bağır gol diye.
Çünkü bu hayatta atılan en büyük gol hangisi biliyor musun?

Sensin..

Senden bir tane daha yok bu dünya üzerinde. Annene sorsan bu hayatta en iyi yaptığın şey nedir diye, emin ol sensin der.
Senden bir tane daha olmayan bu dünyada ne için üzüleceksin?
Yanlışlıkla yediğin bir gole mi?

Aklından çıkarma, hayat çok kısa. Hem de ne kadar biliyor musun? Kaşınla gözünün arası kadar. Kapatıp açınca ömür bitiyor. İnanmıyorsan dedene ya da babaannene sor anlatsınlar.
Mutluluklar senin için. Orada, bekliyorlar.
Git onları dalından kopar, yoksa çürürler.
Afiyet olsun.

Sana dürüst olacağım.
Her giden dönmeyecek,
her yara kapanmayacak,
her hatanın telafisi olmayacak.
Ama her zaman,
her koşulda bu hayatı doya doya yaşamak için
bir sebep mutlaka olacak.
Unutma, insan bazen sadece umut etmek yerine
kendi hayatı için harekete geçmelidir.

BEKLENTİLERİ BEKLEMEK

Beklentilerim yok diyorsan kimin beklediği gelmişki zaten?
Hangi giden geri dönmüştür ya da dönse bile artık her şey eskisi kadar güzel olur mu?
Güzel olmak sadece dış görünüş olsaydı sonsuza dek beraber olurdunuz..

İki kişilik yataklarda tek başına uyananlar hiç değilse gururlarıyla uyanıyorlar.
Bir masaya iki tabak koyup tek başına yiyenler ne yapacak diyorsan, hepsi aynı kişiler zaten. Farkında değil misin? Sen osun işte.

Cebindeki soğuk anahtarla eve girdiğin zaman sana birisi hoşgeldin deyip içini ısıtmayabilir ama sen de kombiyi açarsın.
İlla birisinin olmasına gerek yok.
İyi yanlarını da düşün hayatın.
Sürekli sana neredesin, ne yapıyorsun, iyi misin diyen yok.
Sürekli seni seviyorum diyen yok.
Günaydın hayatım diyen yok.
Ne kötülük var diyorsan bunda, ona sormak lazım.
Çünkü sen bunları yaptın ve o gitti.
Demek ki kötü bir şeymiş, böyle yapmamak gerekiyormuş,

sonsuza kadar sessiz olmak gerekiyormuş.
Peki beklentiler ne olacak?
Yani bu kadar özledin ve gerçekten günün birinde kapıyı çarpa çarpa giden o kişi ya geri gelirse? O zaman ne yapacaksın?
Her şey eskisi gibi olmayabilir ve sen onu görünce mutluluktan ölebilirsin.
Ama…
İşte o amalar…
Aklına gelmeyecek mi evden çıkıp gidişi?
Aklına gelmeyecek mi ben artık seni sevmiyorum deyişi?

Böyle durumlarda aklımızı alıp bir kenara koysak ya da bir düğme olsa ve kapatsak her şeyi.
Güzel olmaz mıydı?
Zaten düşünüyorum da, aklımızı yeterince almışlar, görmez, anlamaz olmuşuz. Kendimizden uzaklaşmış, dümdüz kör olmuşuz.
Ormanın rengini biliyoruz ama her şeyin gri olduğuna inanmışız.

Sırtımda kocaman bir ağrı var, nedenini bilmiyorum diyorsan merak etme, o ağrılar bu ilişkiyi çok fazla taşıdığın için oldu.
Ağrılar bazen taşıyabileceğinden de ağır oluyor.
Bazen neleri düşünüyorum biliyor musun?
Neden bırakıp giderler?
Acaba az mı sevdim?

Peki bunca ağrıya rağmen sen bu kadar güzel olmayı nasıl başarıyorsun?
Gördüğüm en güçlü insansın, bir bakışınla Allah'a şükür ettirebilecek bir detaysın.
Her yazın bir kışı her baharın bi ilki varsa, sen görülebilecek en güzel sonbaharsın.

Çok yenildim belki ama hiç kaybetmedim.
Yenilmek,
kazanman gereken bir savaşın sadece ilk devresi.

GÜL BAHÇESİ

Bazen sen de ne yapmak istediğini bilmiyorsan merak etme. Ben de aynı şeyleri düşünüyorum.
İçinde uzaklaşmak hissi var ama uzaklaşamıyorsan, bağırma hissi var ama bağıramıyorsan dünyama hoşgeldin.
Yine de, devrildim ama batmadım diyorum kendi kendime.
Denizler derin ama boğulmadım.
Uçtum hatta düştüm ama çok kanamadı. Yaralarımı sardım, üstesinden bir şekilde geldim. Şimdi gelemez miyim?
Senin güçlü insanlardan neyin eksik söyle bana.
Bir kuştan kanat, bir balıktan solungaç, dünyadaki tüm varlıkların birbirinden eksiği var doğru.
Ama hepimizin ortak tek bir şeyi var.

Kalp.
Kalbimiz olmadan hiçbir şeyiz.

İnsan yanındakiyle değil aklındakiyle içmeli. Doğarız, yaşarız, zaman geçer ve kalbimizdekiyle ölürüz.
Herkes yalnız ölür diyorlar ya yalan.
Vücudumu toprağa tek başına koyabilirler ama kalbimde onu yaşattığım sürece ben tek başıma ölmem.

Sabahları hayatım kahvaltı hazır mı dediğinde, ne bir hayatının ne de bir kahvaltının olmadığını anladığın an yalnızsın demektir.

Ve sen bunun da üstesinden gelmedin mi?
Yaşamadın mı bunu? Birileri bir şeyler için nefes alırken sen onun için almadın mı?
Aldın. Herkes aldı...
Peki ya sonuç?
Ayrılık.
Senden gitmiş olabilir, hatta şu anda başkasının elini tutuyor da olabilir ama senin kalbinden nasıl gidebilir?
Hadi o istesin de gitsin kalbinden, mümkün mü?
O kalbinde tutsak, sen bir bekçi.
O kaçmak ister, sen beklersin onu.
Ve sen ne zaman izin verirsen, o kapı açılır ve çıkar gider oradan.
Gitmek kolay gelmek zordur bu devirde. Bir kere kapıyı vurup çekip gidersen, o kapıyı çalmak bir daha çok zor.
Ve sen o kapıya kilit vurduysan dışarıdaki de üzülür, sen de üzülürsün.

Yerim dar. Daralıyorum. Pencere açın da hava girsin içeri.
Tek başına nefes alsaydın bir önemi kalmazdı oksijenin. Ya da gül alsaydı sana bir bahçen bile yokken? Toprağı kazılmış bir bahçen olmadan bir gülü yaşatamazsın.
Sen sev ama öldürme. Önce bahçeni kaz sonra ekersin güllerini.
Bazılarımızın gülleri var ama hepsi ölmüş, bazılarımızın ise bahçesi var ama bir tane bile gülü yok.
Hayatta her şey tam olmaz.

Ama tam olan ne var biliyor musun?
Sen varsın.
Çünkü sen sevmeyi bilenlerdensin.

ÇİKOLATA

Beklediğin gibi gitmez hiç bir şey. Eğer öyle gideceğini umuyorsan fazlasıyla yanılıyorsun demektir.
Ama sadece sana özel bir durum değil bu, benim de başıma geliyor.
Yediğimiz tüm çikolataların tadının aynı olmasını bekliyoruz fakat ne tadı aynı ne markası.
Fakat jelatinleri aynı.
Hepsi de bizi kandırmak için elinden geleni yapan jelatinler.
Peki tanıdığımız insanlar da öyle değil mi?

Ne eksiğim var diye düşünme, senin eksilerini toplasak bile sen kadar etmez o kişi.

Ne buldu onda diyorsan…
İlk önce jelatin sonra da ilgi, farkında değil misin?
Senin için her şey güzel geçiyor olabilir ama karşındaki insan mutsuzsa mutlaka gider..
Aldatmanın temeli aldatan kişinin mutsuz olmasıdır.
Suç bende mi diyeceksin, hayır değil.
Suç onda çünkü şunu diyebilirdi:
Ben seni sevmiyorum, kendine iyi bak…

Ama demedi.

Eğer ille de bir insanın kalbini kırmak istiyorlarsa bu yolu seçmesinler.
Çünkü bu yolda insanlar çok acı çekiyor ve çıkmaz sokaklardan çıkamıyorlar.
Hayat her zaman bir adım kadar uzak olabilir.
Atılan adım değil çöpe atılan bir kalpse eğer, ne yolun değeri kalıyor ne de kalp bir daha atmak istiyor.
Bir kalp durursa insan ölmez mi?
Ölmez..
Renkler siyah ve beyaz olunca gri oluyor insan.
İnsan gökkuşağının rengini hatırlamadan da yaşayabilir, çikolatanın tadını bilemeden de.

Sonra ne mi olur? Artık jelatinlerin hiçbir anlamı kalmaz.
Belki dünyanın en tatlı çikolatası gelir önüne fakat sen gene de istemezsin, aksine miden bulanır.
Çabalarsan olur mu?
Belki.
Yeniden sevebilir misin?
Evet.
Kocaman bir evet hem de!
Yaralarını saracak biri elbet çıkar ama önemli olan nedir biliyor musun?
Sen istiyor musun?
Biri gelsin ve yaralarını sarsın, bunu gerçekten istiyor musun?
Eğer istiyorsan, aynada kendine bak, orada gökkuşağını, bir çikolatanın tadını ve annenin şefkatini göreceksin.
Kim ne derse desin, her çocukta annesinin gözleri vardır ve dünyanın en güzel rengi annedir.
Sen de o güzel renge sahipsin.
Dışını herkes görüyor ama senin gökkuşağın içinde…

Yol dikenli, geri dönüş karanlık belki.
Şimdi o dikenleri teker teker ayıklayıp,
yola devam etme vakti.

KOCAMAN BİR SIFIR

Ne yaparsan yap mutlu edemezsin insanları. Eğer sen de böyle düşünüyorsan, bu sefer de aynı fikirdeyiz demektir.
Elinden geleni yap, inandığın her şeyi ortaya koy ve sonuç, sıfır!

Hiç bir şeyin değerini bilmeyen insanlara sevgi, saygı, para, güç veriyoruz. En küçük bir şey de arkalarını dönüp gidiyorlar.
Yetmezmiş gibi bir de kendilerini haklı zannediyorlar.
Ne zaman bitecek bu yanılgılar?
Sen ne zaman kurtulacaksın artık bu düşüncelerle tek başına uyumaktan?
Yatağın sol tarafından sen de çok sıkılmadın mı artık?
Zaten tek başıma uyuyacaktım neden çift kişilik yatak aldım demiyor musun içinden?

İçinden diyorsun da dışından duyan olmayınca hiç bir şeyin anlamı kalmıyor…

Hadi kulaklarınız sağır da suratımdan da mı anlamıyorsunuz?
Suratım dört duvar, aynı sıkışık kaldığım bu ev gibi. Dışarı çıksan üşüyorsun, evin içi cehennem.
Sıcak desem sıcak değil, soğuk desem donmuyorsun.

Yalnızlığına kadeh kaldıranlar olarak bu şişenin yetmeyeceğini hepimiz biliyoruz, yine de kana kana içiyoruz sarhoş olmayacağımızı bildiğimiz halde…

Dışarıda insanlar kar yağıyor, ne güzel diye düşünürken ben sokakta yatan insanları ve hayvanları düşünüyorum. Ben bu kadar ince düşünürken karşımdaki insandan nasıl ben olmasını bekleyebilirim diye düşünüyorsan,

Sen oldun…

Büyüdün…

Hayata hoşgeldin…

Şimdi kocaman bir adım at dünyaya ve herkese aynı gözle bak çünkü kimse senin güzel bakan gözlerin gibi bakmayacak.
Ve sonunda ne olacak biliyor musun?
Kör olacaksın…
Sen de onlar gibi olacaksın..
Hayatta her şey olabilir. Tek başına uyuyabilir, içip sarhoş olmayabilirsin. Hatta gören gözlerinle kör olsan bile, iyiliği görmeye çalış olur mu?
İyilik her zaman olacak!
Önüne gelen bir kap yemekte, çamaşırlarını yıkayan şefkat dolu bir elde, uçan bir kuşun kanadında, yanağını okşadığın bir çocuğun gözlerinde…
İyiliği görmek istersen her zaman görürsün…

Dümdüz bakanlar aynada sadece kendilerini görüyorlar, sonra ağlarken rimelleri akıyor..
Sana bir şey diyeyim mi?
Sen onlardan değilsin ama ağlarken daha çirkinsin.
Hep gül olur mu?

Kendime mutlu olup olmadığımı sormayı bıraktıkça daha da mutlu olduğumu hissediyorum. Kendi detayları içerisinde kendi kendini boğuyor insan bazen. Anlamsız çelişkilere gömülmek, küçük hataları gözde büyütmek, gelişigüzel edilmiş bir cümleyi kafada evirip çevirip sayfalarca sıkıntı üretmek, kedere saplanıp gülüşleri terk etmek ve daha nicesi. Gereksiz detaylar dehlizi gibidir yüreğin. Bahsettiğim boş vermek, hiçbir şeye kafa yormadan gamsız bir hayat sürmek değil.

İçimde olup bitenleri tanımlamaya, anlamaya çalışmak yerine, sürekli bu şekilde hayatı ertelemek yerine, içimden geçenleri oradan çıkarıp hayata sunmak, kendimle ve etrafımdakilerle paylaşmak, belki de mutlu olmak için atacağım ilk adımmış gibi geliyor.

İçimde olan her şeyi bilmeyebilirim, tanımlamak zorunda da değilim ama iyiliğin ve güzelliğin çok fazla olduğundan eminim.

MUTLU SON HER ZAMAN VARDIR

En sevdiğin şarkıya yeri gelir küfür edersin. Çünkü o sizin ortak şarkınızdı değil mi?
Ne zaman dinlesen aklına gelmiyor mu zaten?
İlk olmak iyi midir bilmiyorum ama bence herkes sevdiğinin sonu olmalı.
Çünkü bazen birinci olmak bir şeyleri kazandığın anlamına gelmez.
Kazanmak demişken sen kaybetmeyi iyi biliyorsun değil mi?

Her sabah uyanıp yine sabah mı oldu diyenlerdensin. Peki sabaha sorsak, desek ki sen bu adamın günaydını olmak ister miydin diye? Sence ne cevap verirdi? Olmak ister miydi senin günaydının? Peki ona sordun mu sen neden günaydınım olmadın diye?
Mesela sen terk ederken farkında değil miydin artık hiç bir günün aydın olmayacağının? Bile bile kaybettik ve şimdi ne kadar yalnız ve kimsesiziz.

Biz insanların her zaman ilki olmanın peşindeyiz.
Neden isteriz ki bunu?
Çok fazla cevabı olabilir ama içini rahatlatır mı bilemem.

İnsan yalnız kalınca anlar ilk değil de son olmanın değerini...

İlkbahar ne kadar hoşuna gider bilemem ama sonbahar da çok güzeldir.

Ve sen de kabul et, o sonbahardan da güzeldi.

İnsanlar kaybedince ağlar, üzülür ve hatta üşür.
İşte o üşüme sonbaharın son esintisidir. Çünkü o gider ve kış gelir. Üşürsün...

Şimdi istediğin kadar ağla çünkü kaybettin. Bu sefer yaptığın hatalar yüzünden kaybeden sen oldun.

Ders çıkarmak gerekir mi bilmem ama sen sınıfta kaldın. Ve şimdi ne yaparsan yap bütünlemelere kalmak zorundasın.
Korkmana gerek yok. Emin ol sonbahar bir daha gelecek ve kaldığın tüm dersleri vermiş olacaksın.
Bütün yarışlarda ilk ya da birinci olmayabilirsin. Hem sayıların ne önemi var ki?

Hayatta kazanmayı bilen insan ha birinci olmuş ha sonuncu, ne fark eder?

Ama kaybetmeyi bilen her zaman sonuncu olur ve bazen sonuncu olmak dünyanın en güzel şeyidir.

Filmlerde bile mutlu ilk yazmaz, mutlu son yazar.

Şimdi al eline kalemini ve kağıdını ve kendi mutlu sonunu kendin yaz.

Çünkü mutlu son her zaman vardır.

DİYET PROGRAMI

Yarın her şey çok farklı olacak.
İlla sevgilinin geri dönmesine gerek yok. Mesela saçın uzuyacak ya da tırnakların.
Her şey bir sevgili ya da bir aşk değil. Bazen tutunmak gerekir hayata ama tutunurken de kırmamak gerekir.
İnsan sadece insandır ve her insan çiğ süt emmiştir.
Anlayacağın, onun seni sevmemesi ya da yarı yolda bırakması senin yüzünden değil, kendinde suç aramayı bırak.

Bırakki inceldiği yerden kopsun. Sen kendi yoluna git, o da

kendi yoluna.

"Beraber olamıyoruz demekki" ya da "bizden olmaz" diyebilmek erdemdir, güçtür, cesarettir.

Ne olur yani tek başına kalmışsan? Ne olmuş yani kimse seni sevmiyorsa?

Kendin varsın. Kendi kendine yetemez misin?

Yettiğini düşünüyorsan, şimdi git ve kendine en küçük porsiyonundan bir yemek söyle. Eğer onu kendine yettirebiliyorsan her şey yeter demektir.

Çünkü sen yemek yemeyi sevdiğin kadar onu seviyorsun. Kulağa komik gelebilir.

Peki kim yemek yemeden durabilir? Hadi durdu diyelim, kaç gün durabilir?

Aşk yemek yemek gibidir, vazgeçemezsin. Ne zaman tamam artık bitti desen, yine acıkırsın.

Her ilişki bitebilir. Peki sen bittikten sonra ama gerçekten bittikten sonra, yeniden sevmeyi, aşık olmayı denemedin mi? Önüne bir vesileyle çıkan bir insan çok güzel gelmedi mi gözüne ya da kendi kendine "neden olmasın" diye sormadın mı?

İnsan yemek yemekten ne vazgeçebilir ne de artık yemiyorum diyebilir.
Aynı şekilde, aşık olmaktan vazgeçmek de ne sana yakışır ne bana.

Büyüklerin bir sözü varya hani, insan sevdiğinden vazgeçebilir mi diye? Merak ediyorum bizden nasıl bu kadar kolay vazgeçtiler? Nasıl arkalarına bile bakmadan bırakıp gidebildiler? Hiç düşünmediler mi canımızın ne çok yanacağını, o haksızlık duygusunun altında ne kadar ezileceğimize hiç kafa yormadılar mı?
Sorular bitmiyor sorular cevaplanmadıkça, daha da çoğalıyor.

Belki onlar da haklıdır kendilerine göre, anlayabiliyorum bunu.

İnsan sevmediği biriyle ne kadar durabilir? İnsan sevmediği birine sarılabilir mi? Ait olmadığını hissettiği bir yerde kalabilir mi?

Annen evde ıspanak var dediğinde nasıl sıkılıyorsa canın, sevmediğin biri sana seni seviyorum dediğinde de o kadar sıkılırsın.

Yemek de aynı aşk da...

İkisini de sevmiyorsan sevmiyorsundur.
Belki sen onun için ıspanak yiyebilirdin ama o seni sevmiyorsa ya da denemediyse, o da haklı, haksız diyemezsin...

Sen sevginin önünde dur, senden geçip gitmesin.
Geçebilen sevmemiştir.
İnsan gitmek için gelmemeli çünkü kendimizi yıkacak kadar üzülmüyoruz.
Yemek yemek olabilir ama kusura bakmayın diyet de yapabiliriz.
Sensizlik bir diyetse gerektiğinde o diyeti de öderiz.

KARDEŞİME SELAM OLSUN

Eskimiş her şeyimi çıkardım bugün, bir kendime baktım bir onlara. Eğer sen de bir yerlerde eskimiş anılara bakıyorsan, benim gibi olmuşsun demektir.
Bazen hatırlamak isteriz eskileri. Peki bütün eskiler acı mıdır?
Tatlı bir anı yok mudur bu hayatta?
Ya da kırılmış bir fincan görünce canı neden acır bir insanın?
Unutmak yerine hatırlamayı seçtiğimizde hatırlayınca mutlu mu oluruz?
Karanlıktan ışığa çıkmak ne zaman iyi gelir?
Işık her zaman güzel midir?
Bence güzeldir çünkü sen ışığa çok benziyorsun, karanlıkta kaldıkça hep seni hatırlıyorum çünkü.
Dudaklarımı kilitleyip sana tekrar seni seviyorum dememek için duruyorum o karanlıkta.
Muhtaç değilim ama ihtiyacım var sana…

Ama sen anlamazsın ki ihtiyaçtan, sevgiden, bizden...
İnsan avazı çıktığı kadar gel demek istiyor ama duyamayacağını bilmek en kötüsü.
Sahi neden bana karşı sağır oldun sen?
Halbuki en içten dileklerimle mutlu olmanı istiyorum ama duymuyorsun.
Engel tanımadan yürüsek beraber el ele, yeniden sever miydin beni diye düşünmüyor değilim, fakat aklım karışık beynimi yerinde hissetmezken.

Sana onun verdiğini veremem çünkü aramızda bir fark var.
Ben bir fincan kırıldı diye üzülüyorken, sen beni yok sayıp onun ellerini tutabiliyorsun.
Yok olmamı bu kadar çok istediğini bilseydim neden derdim sana, neden tuttun ellerimi? Neden sarıldık birbirimize ve neden giderken hoşçakal bile demedin? Beni yok etmek için mi girdin hayatıma?
Sen bana bir kere gülseydin ben zaten yok olurdum ama sen bunun bile farkında değildin.
Buna da olsun diyelim, alıştık.
Yok sayanlara inat her gün yeniden varolmaya alıştık.

Ne olmuş yani yalnız kaldıysam? Kaybolmam ama susarım.
Ve biliyor musun ben en çok sana susadım.
Susadım su vermediler. Ben de alıştım yokluğuna.

Şimdi ne zaman yağmur yağsa ben o kırık fincanı birleştirip sırf sen ol diye içmeye çalışıyorum.
Umarım bir gün o fincan gibi kırılıp senin yağmanı beklemem.
Çünkü fincan kırılınca toplanmıyor. Sen de gülümseyince artık ben yok olmuyorum.
Çünkü biliyorum, sen artık başkasının gülümsemesi, başkasının kırk yıllık hatırısın...

Yaptığın hatalar kadar onarabilirsin hayatını.

Her yanlış bir eksiği tamamlıyor olabilir, bilemezsin. Yanlış adımların izi doğru bir yola işaret ediyor olabilir.

Hata yapmaktan korkup hayatı ıskalama.

Tek korkun hata yapmak değil, bu hayatı yaşayamamak olsun.

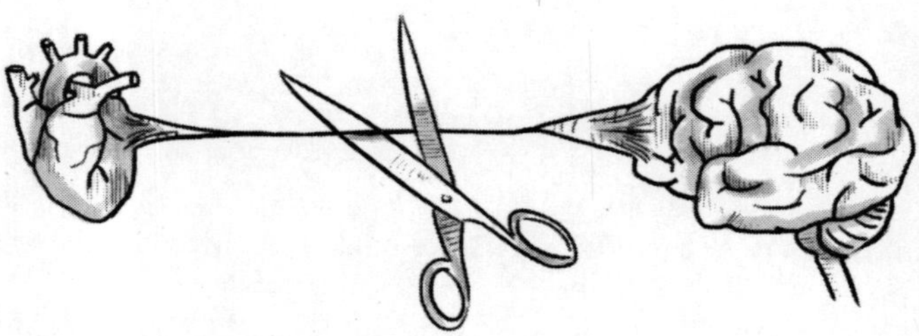

BEN HATALARIMLA GÜZELİM

Sorun kimde bilmiyorum diyorsan eğer, korkma kimse bilmiyor.
Kalbini ona versen değerini bilmez, ekmeğini ikiye bölsen düşman kazanırsın.
Çünkü her dost bir gün arkandan vurur. Vurulunca da kanar insan.
Kandığımız şeyler bizi toparlayabilir, toparladıkça birikir, biriktikçe yalnızlaşırsın.
Çünkü artık güvenmezsin kimseye.
Güvendiğin dağlara karlar yağar ama sen kar değil dağ olursun, kolay kolay yıkılmazsın. Yıkmaya çalışırlar ama yıkamazlar.
Çünkü her mevsimin bir yazı, her yazının bir noktası vardır.
Hayatta nokta olmayı bilince insan, virgüllere bakmaz oluyor bir daha. Yanındaki insanı ona göre seçip ona göre eliyorsun.
Peki sence doğru mu yanındaki insan?
Yoksa sadece hayatındaki bir virgül mü?
Yada sevgi bu kadar kolay mı olur?
Hastalanınca kim bakacak sana mesela? Sadece susup dakikalarca kim dinleyecek gerçekten anlamak için?

Anlaşıldın ve her şeyin anlamını buldun diyelim.
Anlamını bulduğun her şey aşk mıdır?
Aşktır...
Sen gördüğüm en güzel aşksın.

Mavi gözlerin bana anlatıyor denizlerin ne kadar derin olduğunu.
Ama korkmuyorum yüzmekten.
Eğer boğulursam onun gözlerinde hakkım helal olsun diyorum.
Hayat zaten bir tokat atmış, bir tokat da o atsa ne olur ki?
Sevdiğin insanın tokatında bile gül biter.
Ama biliyorum, senin artık bir gül bahçen var.
Gül kırmızıyı, kırmızı kanı hatırlattıkça öğrenirsin bir daha kanamamayı.
Hem daha ne kadar kanatabilirlerki? Son damlasına kadar aşık olmak bize yakışır.
Ve biliyor musun, sen ne giyersen sana çok yakışır.
Bırak insanlar seni nasıl görürlerse görsünler. En kötü, en çirkin halinle bile görünmekten korkma. Gördükleri şey sadece vücudun.
Ya merhametin ne olacak? Bir hayvana, bir çocuğa gözlerin parlaya parlaya bakarken, sendeki o pırıltıyı görmüyorsa sevdiğin insan, bırak yüreğindeki pırlanta cebinde kalsın, hak edene verirsin. Hak bir kazançsa bozdurup harcarım bu dakikadan sonra, çünkü saatler yelkovanı ve akrebi temsil ediyorsa bu dünyada, ben çok akrep tanıdım ve hepsi de zehirliydi. Onlar zehirlerini döktükçe rahatladılar, ben de hayatta dimdik durmayı öğrendim.
Ve biliyorum, bu dakikadan sonra denizleri aşıp bir limanda yalnız başına kahveni yudumluyorsan, acı hayallerini koy içine.
Anıların annen, hataların baban olur.
Çünkü her çocuk bir gün babasının yaptığı hataları yapar.
Ve şunu unutma, sen hatalarınla da çok güzelsin.

Sende bir parçam var.
Bende bir parçan var.
Kırıl ama dağılma.
İnan.
Birlikte toparlanır, birlikte kalkarız ayağa.

CANAVAR

Yanlışlar doğruları götürüyorsa doğru bir şey yapmanın ne anlamı kalır?
O zaman bırakın ben yanlışlarımla güzel kalayım. Nasıl olsa yaptıklarım sizin için hiç bir şey ifade etmeyecek.

Duruyorum durak değilim, gitsem mutlu değil.
Susuyorum kurak değilim, yağsam ıslanırım.

Ve biliyorum ıslanmaktan sen de nefret ediyorsun.
İçim dışıma çıkmak istiyor ve çok sıkılıyorum diye bağırmak istiyorum. Her gün aynı şeyi yapmak beni ne kadar ileri götürebilir?
Ezber yaptığımız sınavlardan geçtik ama hatırladık mı sonra?
Benim hatırladığım tek bir şey var o da sınavlardan geçmiş olsam da yenilmiş olmam.
Yenilmek kime ya da neye göre şekil alır bilmiyorum, neyi neyle çarpıp neye bölsem sonuç yine sıfır oluyor.

Elimde olan kocaman bir sıfırla hayata gol atmak ne kadar kolay olabilir.
Dönüştüğüm bir canavarsa bırakın kalan tek dişimi de kendim çekeyim.

Sarardım güneşin altında kalan papatyalar gibi. Ve beni koparmak isteyen çok insanın elini sıktım.
Sıktığım eller dost değil düşman, sarıldıklarımsa aşkım değil katilim oldu.
Sonra ne mi yaptım?
Senin gibi ayağa kalktım.

Her şeyin üstesinden gelebileceğimiz bu dünyada karanlıktan korkmadım.
Kendi ışığımı kendim yaktım, hem de ıslak bir kibriti kurutarak.
Derin bi nefes çekerek, tek dal sigaramda onu hatırladım.
Son sigaramdı doğru.
Ama onun güzel yüzünü hatırlamak son sigarama değerdi.
Kırbaçlarsın ya kendini bir tay gibi koş dersin
Hadi!
Durma!
Ben de aynen öyle yaptım.

Dudaklarımda yalnızlık vardı, mühür vurdum.
Kalbim çırpınıyordu, güzel bir kafes aldım ona.
Ve en önemlisi aynada kendime baktım ve şöyle dedim:
Dayanabilirsin.
Defalarca söyledim ve sonunda başardım.
Kanatlarım olmadan uçmayı, kalbim paramparçayken sevmeyi öğrendim.
Fazla söze gerek yok.
Sen bensin, ben de sen.
Ben iç sesin...

Dünyaya rağmen, içini nefretle doldurmaya kıyamadığım bir dünyam var.
Orada, oradaki herkese yetecek kadar sevgim var, anlayışlarım, şefkatim ve iyi niyetlerim var. Asla yalnız bırakmayacağım, beni asla yalnız bırakmayacak güzel insanlar var.
Ben orada mutluyum.
Nefretle doldurduğunuz dünyanız sizin olsun.

DÜŞMEK

Mutlu mudur şimdi diye soruyorsan içinden...
Mutludur.
Çünkü giden düşünmez arkada kalanları. Giden bir kere daha ayrılmadan koymuştur kafasına ileride nasıl sensiz mutlu olacağını.
Bensiz mutlu olmasın diyorsun içinden. Ama maalesef hayatın acı gerçeklerinden biri de bu...

Giden insan kendini düşünür sadece, seni düşünmez..
Ve işin bence iyi yanı, giden mutlu olur.

Kim sevdiği insan hakkında kötü düşünebilirki? Benden sonra kötü olsun diyen var mıdır?
Hadi var diyelim, gerçekten seven bir insan mıdır o? Yoksa sadece kendini seven mi?

Sevgi gidende bittiyse, kalanda da biter elbette.

Şuna inanıyorum, sen saf ve güzel bir insansan, içinde sadece şu düşünce vardır ona karşı: Umarım iyi ve mutlu olur.

Mutlu olur mu bilmem ama sen çok mutlu olacaksın çünkü sen de iyi düşünenlerdensin. Yüreğinin en derininden geçen bu samimi düşüncelerse, mutsuzluk fazla konaklayamaz senin yüreğinde.

Sen sevgilisine sahip çıkan, aç mı, tok mu, bir sıkıntısı var mı diye düşünüp kendi paralayanlardansın. Beli ağrıyorsa dizlerinin üzerine çöküp onun ayakkabısını giydirenlerdensin. Bazı insanlar buna aptallık der, ben muhteşemlik diyorum.

İnsanlar hayatın sırını arıyorlar. Bana göre hayatın tek sırrı var, o da iyi olmak.
Peki neden kimse iyi olmak için zaman harcamıyor? Ya da iyi olmak şimdilerde çocuğunun cebine harçlık koymak mıdır sadece? Maddi ihtiyaçlarını gidermek midir?
İyi olabilmek için ilk önce sevgiyi bilmek gerek. Ve sevgi dünyada kaybolmaya yüz tutan bir şey artık.
Ve biliyor musun, onu bulana altın değil insanlık veriyorlar.

Çünkü insan eşittir sevgi, sevgi eşittir yaşamdır.

Yaşamak isteyen sevgiyi ve insanlığı çok iyi bilir.
Nereden mi biliyorum?
Senden...

Çünkü sen yaşanacak en güzel şeysin.
Ne olur yani şimdi o senden ayrılıp mutluluğu başka yerlerde arıyorsa?
Kaybeden sen misin yoksa o mu?
Şimdi bir şarkı çaldığında o mu senin aklına gelecek yoksa o mu kaybettiklerini fark edip dövünecek?
Ah o şarkılar var ya...
Başımıza ne geliyorsa onlar yüzünden gelmiyor mu zaten? Unuttum dediğin anda yakana yapışıyor, bir rüzgara dolayıp geçmiş anıları, getirip burnunun dibinde tüttürüyor...
Öyle işte...
Peki en sevdiğin şarkıdan aşağı atladın mı hiç?

"Mutlu aşk yoktur" diyor şair,
Aşk bile bile mutsuzluktur.
Aşk mutlu eden tek mutsuzluktur.

MAVİ YOL

Yolum uzun, hiç bir şeye katlanamıyorum diyorsan merak etme benim de başıma geliyor.
Tersine çevirsem her şeyi olmaz mı? Bazen o kadar sinirleniyorum ki tüm evi yıkasın geliyor, taş taş üstünde kalmasın istiyorum ama...
Yıksan ne olur, yıkmasan ne?
Yıksan hata, yıkmasan güçlü olursun.
Hepimiz bir şeylere sinirleniyoruz. En çok neye sinirlendin bu zamana kadar, bir hatırlasana.
Bana sorarsan ben annemin ölmesine çok sinirlenmiştim.
Ondan bir kaç ay sonra da bir arkadaşımın babası vefat etti.
Şöyle demişti arkadaşım:
Çocuklar babalarından önce ölmeli...

Hayat o zaman bana bir şeyler anlatmıştı.

Bazen sevgilimiz bizi terk ediyor diye üzülebiliriz, elimiz kolumuz bağlanabilir ama en nihayetinde ne olabilirki? Onsuz kalmak, onsuz tek bir adım bile atamamak korkusu mu seni bu denli sarsan?
Olmasın.
Korkularımızı yenebiliriz.
Neden karanlıktan korkalım ve sen neden öyle içine kapanıp, kendini bir kenara atıp öylece bırakıyorsun?
Saçın başın dağınık şekilde dursan ne olur?
Yapma bugün saçlarını mesela ya da gitme işe.
Bir günlüğüne bırak mesela kendi kendine akıp gitsin hayat.
Sadece kendini dinle bir günlüğüne de olsa, ne kaybedersin?
Hayat bu kadar kısayken aslında hiçbir şey kaybetmezsin.

Tuttuğun dalın sağlam olması gerekir hayatta, kopunca yere düşersin yoksa. Canın yanar kimse dönüp bakmaz.
Emin ol krallıklar biter, elmas yüzüğün bile bir değeri kalmaz.

Değişmeyecek tek şey var o da sensin.

Senin güzel gözlerinden kimse görmüyor bu dünyayı.
Ya siyah var ya da beyaz onlar için, eğer gri olsaydı karşımızdaki insanın bizi sevdiğini bilirdik, bizim için bir ihtimal daha olabilirdi.

Dünya ikiye ayrılmış sevenler yada sevilmeyenler.

Diğerinin gözlerinden görebilseydik dünyayı, belki kendi hatalarımızı da bulabilirdik çünkü aynaya bakınca kimse kendinde bir hata bulmuyor. Eğer görebilseydik belki de değişmemiz gerektiğini fark edebilirdik.
Bilmiyorum.
Belki de gerçekten sevilmeyecek biriyim ben.
Hem neden sevsinki beni?
Sen onu seviyorsun diye o da seni sevecek diye bir şart mı var?
Nazım Hikmet'in dizeleri gibi:

Sen elmayı seviyorsun diye,
Elmanın da seni sevmesi şart mı?

Kanatlarımız kırık maviyi hayal ediyoruz fakat şunu görmüyoruz, gökyüzü bomboş.
Kanatların kırık olmasa kiminle uçacaksın peki, tek başına mı?
Herkesin kanadı kırık.
Mavi uzaktan güzel.
Kim bilir, belki yanına gitsek bile sevmeyiz…

Yeterince dinledim,
yeterince anladım,
yeterince unutuldum,
yeterince savruldum.
Benim hikayem
bundan daha iyi
yazılabilirdi biliyorum.
Ama hikayenin
sonunda seni buldum.
Nasıl başladığını unuttum.

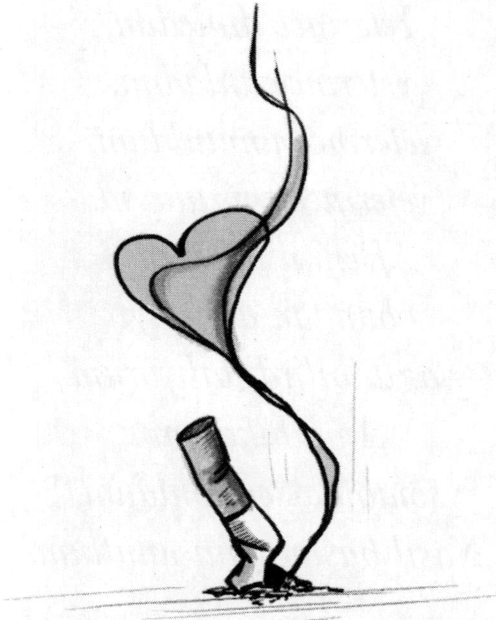

KÜLLER

Yarınlar yok gibi yaşamaya alıştıysan, merak etme ben de alıştım.
Sevenlerimiz var ama sevdiklerini göstermiyorlar, çünkü bu devirde sevgi göstermek büyük bir güçsüzlük gibi algılanıyor.
Sevgimizi gösteremeyiz.
İşin kötü yanı da bu yüzden her şeyimizi kaybedeceğiz farkında değiliz.
Kendimizi…
Ruhumuzu…
Benliğimizi…
Eğer ki sana sevgimi gösterirsem biliyorum hemen sen de terk edeceksin, bu korkuyu sen de duymuyor musun içinde?

Yalnızlık kaçınılmaz…
Kimse yalnız kalmak istemiyor ama kimse farkında değil, aslında hepimiz yalnızız. Hem de sonuna kadar, her zerresine kadar yalnızız.
Doğarken de yalnızdık, yaşarken de yalnızız ve ne yazıkki ölürken de…

Sevdiklerimiz bizden birbir giderken bir gitme demekten de korkuyoruz.

Korkularla bir sonuca varılmıyor, herkes yanlamasına dururken düz durmak fayda etmiyor.
Dünya üstümüze devrilse gerçekten bir şey kaybeder miyiz?
Ya da yağmur yağsa ıslansak, yeteri kadar aşık olabilir miyiz?
Peki sen gökyüzü mü olmak isterdin yoksa sadece yağan yağmur mu?
Taştan bir kalple mi yaşamak isterdin yoksa kalbine pembe hayaller taşımak mı?
Dinlediğim her şarkının ona çıkması kadar güzel bir şey var mıdır dünyada?
Ama her şey ona çıkarken onun aklına bile gelmemek kırıyor kalbini. Hayatını ona adamaya hazırken onun başkasıyla mutlu olması ve senin bunu her saniye biliyor olman ne çok yaralıyor seni…

Sustuğum şeyler sen ve ben gibi…

Sana bakınca ne görüyorum biliyor musun?
Bir kuş.
Özgür bir kuş.
Ve ne olursa olsun küllerinden yeniden doğacak olan bir kuş.

Sevdiğin insan başkasıyla gülüyor, yürüyor, nefes alıyor olabilir. Sen de yüzünü avuçlarının içine almış üzülüyor olabilirsin. Ama her ne olursa olsun sen gördüğüm en güzel şeysin. Üzüntülerimiz büyütür bizi, büyüyünce insan olursun.
İnsan eşittir sevgi, sevgi eşittir sensin. Ve her sevgi eşit olmak zorunda değil.

Seni sen olduğun için seven insanlarla ol, hayat bir kuşun kanadında yanacak kadar kısa değil.
Unutma,
Seni seviyorum.

Gözlerimde sakladığım hikayeyi ara.
Onu bul, onu oku,
onu anla, onu kolla istiyorum.
Senin hikayeni okumak,
ona sarılıp uyumak istiyorum.
Bir hikayemiz olacaksa,
ancak böyle başlayabilir, biliyorum...

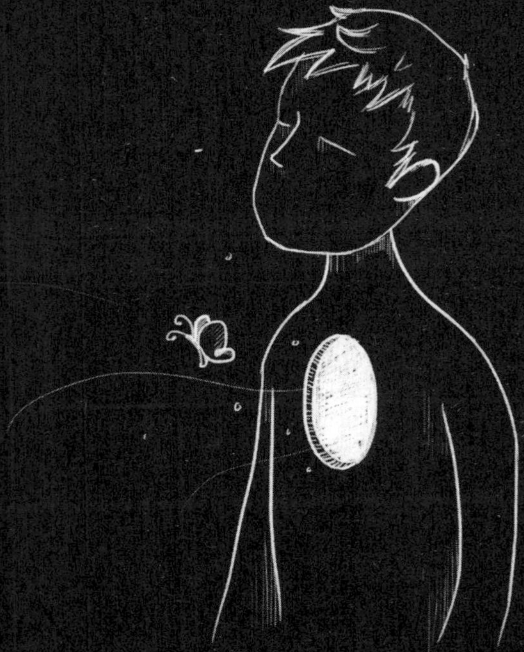

HASTALIK

Hayat teselli aramaktan daha zor değil. Bazen yere takılıp düşsek de ayağa kalkmak gerekiyor.
Dinlensem yattın, yatmasam hasta olacaksın diyorlar. Direniyorum. Son nefesime kadar direniyorum.
Yoruldun mu sen de?
Yeter diyor musun artık?
Çalıştım, kazandım ama neden yenildim diye soruyor musun?

Çünkü yenilmek bizim kanımıza işlemiş. Sen ve ben yenilmek zorundayız. Bazen yere düşmek bize çok şey kazandırıyor. Yere düşmeliyim. Düşmeliyim ki kanamalıyım.
Kanarsam yaramı kim saracak, yalandan suratıma gülenler mi?
Güldükleri zaman mutlu mu oluyorlar? Ya da gerçekten mutlular mı?
Onlar ne kadar mutlu oluyorlar bilmiyorum ama ben hiç mutlu değilim.

İnsanların tek düşündüğü şey yemek yemek. Sofralar kurulsun, yemekler yensin ve karınları doysun.
Bıkmadınız mı hak yemekten? Bıkmadınız mı artık olduğunuz yerde oturmaktan. Hastalandım, yere düşüyorum. Kimse demiyor mu bu adama destek olmalıyım diye?
Yazdıklarım insanların canlarını yakabilir. Ama ben de yanmaktan çok sıkıldım.
Ateşler içindeydim hastaydım…

Şimdi de ateşimi çıkarmaya çalışıyorum. Sabahın beşinde, odadan odaya giderken tek düşündüğüm şey, ölmek istemiyorum oluyor.
İnsan hasta olunca anlıyor etrafında olup biten her şeyi.
Ve sadece kendi kendine seslenip yardım istiyor:
Bana yardım et, çünkü öleceğim.
Ama maalesef ki etrafındaki herkes bir de bu mu çıktı başımıza diyor.
Bir de bu?
Demek şimdi bu olduk...

Evet, bazen bu olmak gerekir.

Çünkü sen ve ben hayatımız boyunca parmakla gösterilen insanlar olacağız ve ben bununla sonuna kadar gurur duyuyorum.

Pis bir pencereden dışarı bakarken kendi kendime tek söylediğim şey artık daha güçlü olacağım ve kimse beni bir pislik ya da hastalık gibi göremeyecek.
Ölürsem de tek başıma öleceğim, kimseye külfet olmadan. Tek başına ve huzurlu.
Hastaysam hastayım, ateşim var ya da yok. Yazacak bir kaç kelimem, bir dolu da hatıralarım var.
Bir serum insanı iyi edebilir. Yine de damarlarından akan şifa gelip geçici olacak.
Hayatta ne olursa olsun, mutlu olacağım, inadına, herkesin inadına.
Yere düşen bir mide ilacının, yazdığım zaman cevap vermeyen bir doktorun inadına mutlu ve iyi olacağım...
Peki ya sen?
Mutlu olacak mısın?

Giderken "iyi ol," dedi,
"sana iyi olmak yakışır."
Sustum.
"Bundan böyle susmak bizim şarkımız olsun"
dedim içimden.
Sustum.

HEM ANNE HEM BABA

Sen de sonuna geldiğini hissediyorsan, her sonun bir başı, her bitişin de bir başlangıcı olduğunu unutmaman gerek. Bir şeyler gecikiyorsa Allah daha iyisini hazırlıyor demektir, bunu unutma.
Karardığın kadar beyaz olsaydı keşke her şey değil mi?
Durduğumuz her durakta zamanında gelseydi otobüs, ne beklemenin bir anlamı olurdu ne de gitmek istediğin yerin.
Her gittiğimiz yer anlamlı mıdır?
Mesela sevgilimizden ayrılsak mutlu olur muyuz?
Ya da o mutlu mudur şimdi?
Ayrılıkla gelecek mutluluğun ya da mutsuzluğun garantisi var mıdır?
Yorulmadık mı bunları düşünmekten?
Beni en çok yrn düşünce,seninki nedir bilmem ama bana göre, ona birinin dokunuyor olmasıdır.

Tamam sevin. Hadi elini de tut, tamam…
Neyse, anladın sen…
Benden başka bir parmak izi onun vücudunda yer buluyor kendine ve bu duygu dünyanın en berbat duygusu.
Sen de biliyorsun.

Peki benden sonra nasıl dokunabiliyor başka birine?
O kadar ucuz mu her şey?

Ya da bu kadar ucuzsa ben nasıl ucuz bir şeye aşık olabildim?
O kadar çok soru var ki benliğimde cevabını bulamadığım...
Yine de başladığım işe her zaman güzel bir son hazırladım.
Bunu sen de çok istedin biliyorum.
Güzel bir ev. Huzurlu bir yaşam. Belki bir çocuk. Güzel gülen bir çocuk...
Hayal işte, kurarsın.
Ve sen ne umutlarla kursan da bu hayalleri, birileri çıkıp bir o kadar kırıp dökerler seni, hayallerini, dünyanı...

Madem kıracaklar tam kırsınlar.
Çünkü hayatımda gördüğüm en güçlü insan sensin ve biliyorumki sen kırılmazsan kırarsın. Kırmaktan nefret etsen de...

Peki nefret ettiğimiz bir şeyi yaparken neden zevk alırız aynı zamanda?

Hırs mı? Kin mi? Aşk mı?

Galiba aşk yaptırıyor her şeyi. Dünyanın en güzel duygusu aşk olabilir ama insanın en büyük düşmanıdır da aynı zamanda.
Ben hayatımda bir kaç tane düşman gördüm..
Biri hayat, biri sevgilim, biri de babamdı.
Bu üçü hayatta hiç bir zaman seni ya da beni sevmeyecekler, hep bir yaramız olacak onlarla ilgili. Ama sana bir şey söyleyim mi?
Sen dünyanın en iyi annesi ya da babası olacaksın, eminim.
Nereden mi biliyorum?
Çünkü sen kendinin hem annesi hem de babası oldun bunca zaman.
Seni yalnızı bıraksalar da, sen kimseyi yalnız bırakmayacaksın.
Sen kimsenin yarası olmayacaksın...

Her şeyin güzel olacağına
inanmamakta özgürsün.
Ama inanmanın
sana vereceği güç,
yüreğinden gelen en doğal hakkın,
bunu unutma.

HER ŞEY SENİN ELİNDE

Bir kahvenin kırk yıl hatırı varsa nerede bu insanlar?
Neden şu anda yalnızım ben diyorsan, ben de çok düşündüm bunu. Sonunda deneme dedim, boşver.
Ben çok kahve ısmarladım bu zamana kadar düşmanlarıma. En fazla da kendime ısmarladım. Kendim bile kendimde değilken, kendime nasıl iyi gelebilirdim?

Belki bir güzel kahvaltı etmeliyiz ya da iyi bir akşam yemeği.

Bu zamana kadar kahve ısmarladık, olmuyorsa yemek yiyelim bir de, olmaz mı? Belki de kahvedir herkesi birbirine düşman eden, hatır gönül, hepsi hikayedir.

Saatlerce uyuyorsan ve seni beğenmiyorlarsa ben rüyalarımla da güzelim mesela.
Senden değerli mi kimin ne düşündüğü?
Senden değerli olduğunu düşündüğün her şey ya da herkes gitmedi mi?
Düştüğün yerden kalkabilirsin ve dizlerin yara olsa da kanamasına gülebilirsin. Birisi çelme taktı ve düştün, şimdi sen kalkabildiğin için sevinmelisin.
Hayata bir el uzatmak gerekir.
Sen de düşüp yerde duranlardan değil, düşenlere el uzatanlardan ol.
Bir kahve bitti, hatırı tükendi diye hayat mı bitecek?
Eminim ki sen de ben de kırk yıl yaşayacağımızı düşünmüyoruz

bile, bugünden ötesi var mı?
Yarım kaldıkça yarısını arıyor insan, inceldiği yerden kopsa da bir şeyler, insan düğüm atmayı biliyor.
Çünkü ağlarken çok şey öğretmiştir hayat bize, en çok da boğazımıza kocaman düğümler atmayı.
Sorunları çözmeyi bilmesek de, düğüm atmayı iyi bilenlerdeniz, bu da bir şeydir.
Ters bir hayat olabilir bu yaşadığımız, düzüne gitmek bizim elimizde.
Aynaya baktığında gözlerindeki mucizeyi göremiyor musun, nasıl yaratmış Allah seni?
Ya da nasıl annene çekmiş o güzel gözlerin hayata kendinden emin ve bir o kadar da şefkatle bakarken.
Şimdi zorlukların karşısında dimdik dururken, ufak bir rüzgar esti diye yere mi düşüceğiz?
Kocaman köklere sahipsin ama farkında değilsin.
Hiç kimse yok diyorsan, ben varım.
İç sdesine kulak ver.
Yıkılırsan burdayım.
Düşersen burdayım.
Ağlarsan burdayım.
Korkma. Korktukça küçülür insan.
Ve ben artık çocuk olmak istemiyorum.
Büyüsek beraber olmaz mı? Tutsan ellerimden beraber binsek bir salıncağa?
Gökyüzüne bakarken birlikte hayal kurar, onlarla gerçekleştirmek için elele yürüyebiliriz.
Amaç hayal etmek değil mi zaten? Hayal kurabiliyorsan gerçekleştirmemek için bir sebebin kalmaz.
İlk önce hayal edip sonra yapanlar olarak, en azından yapmak için çabalayanlar olarak biz çok güçlüyüz. Ve bu hiç bir zaman değişmeyecek.
Her şey senin elinde…

İçimde saklı tuttuğum
o güzelim hayalleri,
çirkin gerçeğinize kurban etmedim.
Yenilmedim.
Ben hayal kurabildiğim sürece,
yenemeyeceksiniz.

KAÇAMAK

Kaçmak istiyorsan bir yerlere, haklısın.
Kaçabildiğin kadar kaç ama arkanda bıraktıklarını unutma.
Kaçtığın şey bir baba ya da bir sevgili olabilir. Unutmak, hatta kurtulmak isteyebilirsin.
Ama arkadaşların ve dostların da var. Ya onlar sensiz ne yapacaklar?

Bu zamana kadar ne yaptılarsa onu değil mi? Neden herkesi düşünmek zorundayızki zaten?
Onlar bizi çok mu düşündüler? Düşünmüş bile olsalar, insanlar sadece menfaatlerini düşündüler.
Ne çıkarım olabilir? Bir kazanç sağlayabilir miyim? Ya da her şeyi geç, sevgiline bile yeri geldi sulanmadılar mı?

Ne kadar sulandılar bilmiyorum ama bence çok cıvıklaştılar.
Sen de merak ediyorsun ama ben senden önce soruyorum:
İnsanlar ne ara bu kadar yüz buldular?
Sıkılmadılar mı taktıkları maskelerden?
Ya da babam mesela, hiç mi sevmedi beni?
Herkesin bir yarası vardır ve herkesin yarım kalan bir baba hikayesi gibi yaralıdır hayatı.

İki şeyi unutamazsın.
Bir, ilk öpücüğü
İki, babandan yediğin ilk tokadı.

Hayat hem acı, hem de tatlı olabilir.

Ne yazık ki hayatta hiç bir öpücük babanın attığı tokat kadar canını yakmayacak.
Bazı aşklar biter yenisi gelir ama babanın tokadı hiç bir zaman bir yere gitmez.

Tıpkı yalnızlık gibi. Yalnızlık da öyle değil mi?
Yalnızlık sana asla yalan söylemez, yalnızlık seni terk etmez ve en önemlisi yalnızlık asla seni aldatmaz. Keşke sevdiğimiz insanlar da yalnızlık kadar gururlu olsalardı.

Eskileri böyle anmak isterdin biliyorum ama ne zaman eskiyi anmak istesen ağız dolusu geçmişine sövüyorsun ve gerisini galiba sen de ben de iyi biliyoruz. Ve bildiğimiz şeyler canımızı yeterince yakmıyor mu zaten?
Keşkelerle hayat geçseydi keşke bilmeseydim derdin biliyorum ama bildiğimiz şeyler seni güçlendirir aynı zamanda.
Sağ gösterip sol vuranlara inat bugün her şeyden, tüm keşkelerden, canını yakanlardan kaçmak yerine otur ve inadına kal bu hayatta.
Arkanda bir şeyler bırakmak istiyorsan, kirli çoraplarını bırak onlara. Kimse ne güçsüz ne de yenilmiş görsün seni.

Çünkü bu dakikadan sonra ne baban seni sevecek ne de aşık olduğun o ilk öpücük sana geri dönecek. İkisi de birbirinin aynısı. Her şeyin eskisi gibi olması yerine, onlar senin hiçbir şeyin olsunlar daha iyi.

Gelecek sensin.
Ve unutma,
hayat ne bir babadan ne de bir öpücükten ibaret.
Daha güzel şeyler var, mesela nedir diyorsan, SENSİN.
Çünkü sen hepsinden daha güzelsin.

KADER AĞI

İçtiğin her sigaranın tadı bir önceki gibi olabilir mi?
Eğer sen de hepsi farklı diyorsan benim gibi düşünüyorsun demektir.
İnsanlar sigara deyip geçerken, ben her dalda hatalarımı, masumiyetimi ve kendimi aradım.
Her duman çektiğim zaman hatalarım gözüme kaçtı, masumiyetim ateş oldu, kendimi kül ettim.
Ve bir anka kuşu gibi küllerimden doğamadım.
Çok şey demek isterdim kendime ama sana diyorum, bugün her günden farklı yaşa.
Mesela bugün öyle bir kahve yap ki kendine içine acı hayallerini koy, içtiğinde onun gözleri gelsin aklına. Bir pencere kenarında ne kadar masum olabilirse, o kadar güzel bak dünyaya.
Hem yorulmadın mı artık onu başkasıyla hayal etmekten?
Yorulmadın mı eski demir bir kapıya bakıp, ha geldi ha gelecek demekten?
Sen hiç mi sevmedin kendini?

İlk önce kendini sevmen gerek bu hayatta, sonra onu. Kendini sevmeyen bir insan onu nasıl sevebilir ki?
Şimdi duyduğum tek şey mahallemdeki arabaların ve kuşların sesleri. Sen de benim gibi, sadece onun sesini duymak için elinden geleni yapardın biliyorum.
Fakat sen elinden gelenin fazlasını yaptın bu ilişki için, kendimden biliyorum.
Nefret etmek sana ya da bana göre değil.
Eğer o başkasıyla mutlu olacaksa, benimle olmayacaksa, bugün hissettiklerimin yarın için ne anlamı varki?
Artık unutmanın formulü bir yara bandı yapıştırmak değil, sadece ona hakkını helal etmek.
Eğer ona hakkını bir şekilde helal edebiliyorsan, eğer onun gerçekten mutlu olmasını diliyorsan, sen de ben oldun demektir.

Kimin elini tutuyorsa bırakmasın. Çünkü artık verecek bir elim, sevecek bir kalbim, başını yaslayacağı bir göğsüm yok.

Kararmış bir bahçe gibiyim.
Artık toprağım ölü, ne meyvem var ne de suyum.
Elimden geldiği kadar kurak bir toprak olmak için her şeyi yapacağım artık.
Çünkü bu hayatta kime yeşerirsem o kadar soldurdu beni.
Ve ben hayata bunun için gelmedim, bundan eminim.
Duyduğum tüm şarkılar onun olabilir, ben bam telimi koparıp yeniden başlayacağım.

Benimle başlar mısın yeniden?
Sil baştan der misin bu hayata?
Dersen mutluluk, demezsen kader deriz.
Ve kader ağlarını ördüğünde ben yapışıp kalıyorum.
Sen kalma...

Canım kendim,

Anlasınlar diye

Boş yere

Ne çok paraladın kendini.

KALABALIK

Kalabalık fazla kalabalıksa ve sen fazla yalnızsan korkma.
Ben de senin kadar yalnızım. Sesim çıkıyor. Hatta avaz avaz bağırıyorum.
Senin gibi…
Duyan olmuyor. Bazen öyle yalnız hissediyorum ki kendimi, her şey bitsin istiyorum, kurtulmak istiyorum.
Sanki deprem olmuş ve ben altında kalmışım da, son gücümle "sesimi duyan var mı?" diyorum.
Gerçekten sesimi duyan var mı?
Sesimi duyan olsaydı belki kabul olurdu dualarım diyorsan, deme, günaha girme.
Duyulmaz sandığını bir duyan var.

Ve bazen bile isteye işlediğimiz günahlar çok güzel, değil mi?
Mesela aşık olmak. Neden dersen…
Aşk günah olmalı. Çünkü aşık olduğun zaman ne kendini ne sevgini ne de aileni görüyor gözlerin.
Tek duyduğun, gördüğün aşık olduğun insan oluyor.
Kayboluyorsun.

Çocukluğun gibi.
Herkes çocukken kaybolabilir. Ben de kayboldum her çocuk gibi ama kimse aramadı.
Değersizdim galiba. Ya da öyle sanıyordum. Senin gibi…
İyi ki bulmadılar beni diyorum.
Her kayboluşumda bulunsaydım ne sen olurdum ne de bir başkası.

BEKLE

Sorunlar bitmeyecek mi diyorsan, hiçbir zaman bitmeyecek. Cebinde hiçbir zaman yeteri kadar paran olmayacak ve annene ayda yılda bir kez seni seviyorum derken hep utanacaksın. Keşke her zaman utanabilen insanlar olarak kalsak ya da anneler hiç ölmese daha iyi olmaz mıydı?
Olurdu elbet. Ama olmaz. Olmazlara meyilli insan, şairin de dediği gibi.
Olmazlara, gidenlere, gelmeyenlere...

Bir de gidene sormak lazım neden gittin diye.
Bazen gitmek zorunda kalırsın, sen de tanırsın bu duyguyu.
Eğer böyle bir şey yaşamadıysan dünyanın en şanslı insanısın.
Çünkü kalsaydın, hayatını paylaştığın kişi seni aldatmış, küfür etmiş ya da hiç sevmemiş olabilirdi, canın yanabilirdi ve bunun üstesinden gelemeyebilirdin.
İyi ki tatmadın bu duyguları.

Bazen gidersin. Gitmek zorunda kalırsın.
Giderken bir hoşçakal bile diyemezsin.
O yüzden bir de gidene sormak lazım neden gittin diye...

Keşke hayatlar nedenler üzerine olmasa ve biz de bir kenara geçip bir film gibi izlesek.
Sahi gelir mi dersin bir gün o güzel günler?
Gökyüzüne dalıp hayallerimizde boğulur muyuz?
Tasalardan uzak bakıp gözlerimize, doyasıya güler miyiz?
Neden olmasın?
Seni düşündükçe ruhumu uyandıran bir sabah kahvesi kokuyor odamda.
Kırk yıl hatırı olur mu her şeyin bilmiyorum ama sen kırkında da çok güzel olacaksın.
Unutma.
Şarap eskidikçe insan bekledikçe güzelleşir..

Bir gün,
değerini gerçekten bilen biri çıkacak karşına.
Bir an için arkana bakıp,
geçip giden her şeye ve herkese
gülümseyeceksin sadece...

KALPSİZLER DİYARI

Neden değerimiz bilinmez?
Bir şeyin değerinin olması için illa bir fiyatının mı olması gerekir?
Halbuki sen çok güzel sevmiştin onu..
Çabaladın. Sevdin. Peşinden koştun. Ama yorulan taraf her zaman o oldu, o dedi, ben çok yoruldum bitsin diye.
Sahi nasıl hemen bitirebiliyorlar?
Umut verip, umut ettirip, bir umudun içine hapsedip sonra nasıl gitmemizi bekliyorlar?
Görmezden geldiğim yalanlar gibi onlar da beni görmezden geliyorlar.
Halbuki ben saklanmamıştım ve bu bir oyun değildi. Onlar hayatlarımızla saklambaç oynar gibi oynuyorlar. Sıkılınca da ben gidiyorum diyorlar.

İnsan görürken nasıl kör olmayı tercih eder?
"Sustuğum kadar görselerdi keşke içimdeki sevgiyi" demek gelmiyor mu içinden?
Ya da alıp başını gitmek…
Bilirsin gidince arkandan gelir tüm acılar, sevgiler. Ama sen yine de gitmek istersin.
Gidince mutlu olur musun bilmem ama varınca mutlu

olmuyorsun.
Bir acı peşinden gelirken, vardığım hiçbir yer bu kadar canımı yakmamıştı.
Son zamanlarda yaptığım tek şey bir yere varabilmek değil, sadece durmak.
Belki durursam o geri gelir diye düşünüyorum.
Çünkü ben ne kadar ona gidersem o da o kadar benden gidecek.

Gökyüzünde bulutlar olabilir ama sen çok iyi hatırlıyorsun maviyi. Ve ne kadar hatırlarsan maviyi o kadar umutlanıyorsun kendi içinde. Yardım etmek geliyor içinden ama kimseye değil, kendine. Kendine yardım edebilirsen her şeye ve herkese de edebilirsin. Mesela gökyüzüne…
Ne kadar karanlık olursa olsun, sen onu mavi hayal edersin.

Kanatların kırık diye uçmaktan vazgeçme.
Sesin çıkmıyor diye konuşmaktan,
Kalbin atmıyor diye sevmekten vazgeçme.
Bir dal kırılır ama kökü sende kalır.

Taraf tutmadan hayat geçmez ve ben kendi yakamı tutup kendi kendimi dışarı atıyorum artık.
İçinde kaldığım yalnızlıklar bir gün bitecek. Bir gün kapıdan gelen esinti hepimizin suratına vurup serinletecek. O zaman anlayacağız hepimiz mutlu olmayı.

Mutlu olmayı istemek yetmiyor, çabalamak gerek.
Gitmek istemek yetmiyor, bavul hazırlamak gerek.
Sevmek istemek yetmiyor, hayal kurmak gerek…

Dönüştüm. Kendime değil, ona..
Ve hayatımdaki en kötü şeydi bu dönüşüm.
Ne bir mutluluğum kaldı, ne gitme isteğim, ne de bir kalbim..

KANIYORUZ

İstedikleri kadar senin kötü bir insan olduğunu düşünsünler bu seni kötü bir insan mı yapar?
Ya da sırf senin ağzından çıktı diye lanetlenir mi bir kader?
Bazen en güzeli şudur:
Boş ver…
Boş vermek gereken bu dünyada ateşli bir hastalık mı yenecek seni ya da giderken bir elveda bile demeyen bir insan mı?
Çok mu ihtiyacın var kendine iyi bak demesine?
O kendine iyi bak dedi diye sen gerçekten iyi mi bakacaksın kendine?
Birbirimizi kandırmayalım artık.

Hayat bir aşk hikayesi ise, sen oradaki aşksın. Bırak hikayeler senin üzerine kurulsun.
Onu nasıl unutacağını sorup duruyorsun kendine.
Unutma!
İnadına unutma!
Son nefesine kadar hatırla onun güzel gözlerini.
Hem onun gözlerinde kaybolmak kadar güzel bir şey var mı?
Bırak bulamasınlar seni, kaybol.
Tutuşmuş bir kalbin yanan odunları kadar temiz ol.
Seni kırbaçlayabilirler, canını yakabilirler, yüreğinde bir kemer

iziyle dolaşabilirsin.
Olsun.
Sen unutma.

Dizlerin titrerken onu ilk gördüğünde içinden demiştin ya hani sen çok güzelsin diye, böyle gülmeyi nereden öğrendin diye?
O güzel şeye kendini nasıl yakıştırabildin?
Ben ilk gördüğümde ihtimal vermedim mesela beni sevebileceğine.

Sabır gibi taşan yüreğimizden çok sevdik.
Sabırsız bir çocuk gibi..
Ekmek arası peynir
İlk iş günü
Bir mezar taşı gibi…

Onu görünce sadece sarılıp ağlamak gelmedi mi içinden?
Peki biz bu kadar çok severken neden gittiler?
Sevgimiz mi fazla geldi yoksa yeteri kadar sevemedik mi?

Bir şekilde gidiyorlar işte, gidebiliyorlar, hayatlarına devam edebiliyorlar.
Sen kalıyorsun olduğun yerde.
Bir adım dahi atamıyorsun.
O olmadan nasıl ilerleyebilirim diyorsun.
Sonra bir başkası geliyor, adım atmak ne kelime, koşuyorsun adeta…

Ben koşarken beni düşürmeyin, dizlerimdeki yaralar öpünce geçmiyor benim.
Ve dikiş izleri artık yerini kötü hatıralara bırakıyor..
Kanatmayın.
Kanayınca çok içerden kanıyorum ben

Üzülme, bu ilk kırılışım değil.
İlk dağılışım, ilk yanlışım, ilk yanılışım değil.
Artık bu son desen,
inan o hiç değil.
Biliyorum.
Ama senin tüm bunlara aynı anda dahil olmanı
kabullenemiyorum.

TERZİ

Ben nasıl unutacağım seni diyorsan içinden...
Boş ver unutma derim. Hatırlamak parayla değil ya.
Hem parayla olsa biliyorum kredi çeker yine hatırlardın. Çünkü sen unutmayı değil de benim gibi hatırlamayı seviyorsun.
Sev.
Çünkü insan sevdikçe, hayat sustukça güzel.
Hatırla, o giderken ne güzel susmuştun. Sahi ne diyebilirsin ki? Gitme desen kalır mıydı? Kalsaydı yine sever miydi eskisi kadar yüreğin?

Gidiyorsa gidebilir. Nasıl görmek istiyorsa görebilir.

Ama biliyor musun ben senin kadar güçlü birini hiç görmedim. Bir hoşçakal demek ne kadar zorsa o kadar zordu ama sen dünyanın en güzel cümlesini ettin: Kendine iyi bak.

O sadece bakarak her şeyi görebilirdi ama seni kaybettiğini göremeyecek kadar kördü.
Ve biliyorum onun gözleri görmese bile sen onu çok sevdin.

Her gecenin bir sabahı her trenin bir saati var ve sakın tren kaçtı diye düşünme. Çünkü her trenin de bir rayı, her rayın da bir yolcusu var. Senin yolun o tarafa düşmediyse taksiye binersin en fazla ve üstü kalsın dersin inerken.

Eğer bu aşk ona fazla geldiyse, terzi değilsin ya, gitsin başka gömlek giysin üstüne. Kimsenin hayatındaki yırtığı dikmek zorunda değilsin.

Sahi nereden aldık bu görevi üzerimize? Kimin eski sevgilisinden canı yansa bize gelmedi mi?
Ya arkadaş deneme tahtası mı bizim hayatımız ya da bir oyuncak mı istediğinde gel oyna, istemediğinde dön arkanı git...

Benim de bir kalbim var senin de diyeceğim ama, kalbi olan öylece bırakıp gider miydi?

Onun ne bir kalbi var ne de cesareti.
Cesareti ve kalbi olan insan emin ol sevseydi gitmezdi.

İnsan sevmediği birine seni seviyorum dememeli. Çünkü karşındaki inanır ve öyle olmadığını anlayınca da kırılıp dağılır. Ve kırılan bir bardaktan bir daha asla su içemezsin.

Ama unutma.

Bardak kırıldı diye de su içmekten vazgeçmezsin.

Sen ne hatırlamaktan ne de su içmekten vazgeçseksin, biliyorum. En iyisi o kendine iyi baksın. Sen de kendine bir kahve yap, içine en acı hayallerini koy ve ne olursa olsun keyfini çıkara çıkara yudumla onu.
Hızla giden bir taksinin açık camı seni üşütebilir ama kalbini asla donduramaz.
Emin ol vardığın zaman üstü kalsın deyip, başka bir trende mutlu olacaksın.

MUTLULUK FORMÜLÜ

Eğer senin de karşına gelip sen daha iyilerine layıksın diyorsa, merak etme bu yalanı hepimiz duyuyoruz.
Ben daha iyilerine layıksam neden benimle oldun demek gelmiyor mu içinden, ya da madem sen kötüsün neden benim hayatımı mahvettin?

Bakkal ne sattığını bilmiyorsa ticaret mi olur?
Ve madem ticarethane gibi işletiyorsunuz bu aşk denen işleri, bunun kilosu ne kadar söyleyin de bilelim.

Ama insanlara bakınca kilosu, fiyatı değil de artık son kullanma tarihinin geçmiş olduğunu görüyorum. Kocaman bir hayal kırıklığısınız.

Size güvendik ve aşık olduk, tek suçumuz sevmekti.
Özür dileriz. Sevilmeyi hak etmeyen insanları sevdiğimiz için özür dileriz.
Bu işin finali de nereye bağlanıyor biliyor musunuz? Canın sağolsun'a.

Canın sağolsun da, canımı yaka yaka bir hal oldunuz.

Bu insanlar hiç bir zaman değişmeyecek. Değişecek olan tek bir şey var o da yüzündeki kırışıklıklar. Göz altı torbaların ve yaşlanıyor olman.

Üç kuruşluk insanların beş kuruş olarak kdvsini ödüyoruz. Ve bize bunun faturasını bile vermiyorlar.
Fiş kes desen, yazar kasam yok diyor ve arkalarını dönüp gidiyorlar.
Bende vergi memuru değilim ya ceza kesmek bana değil, Allah'a mahsus.

Paramparçayım toplanamıyorum diyorsan bırak öyle kalsın. Kırılan ne varsa bir daha toplanmaz. Sen de yenisini al.

Artık her şeyi tamir etmekten sıkılmadık mı zaten? Kime kalbini versen küçük bir çocuk gibi oynayıp bir kenara atmıyor mu?
Neyse en iyisi, üstü kalsın, çünkü altında sen varsın.
Ve altın değerinde ki o kalbin elbet bir gün değerlenecek. Hak ettiğini elbet bulacak. Buna inanmamak için hiçbir sebebin yok emin ol.

Mutlu olmanın formülü hayatın boyunca uğruna nice savaşlar verdiğin sevgi dolu yüreğin.

Ve sevgi elbet kazanacak.

Korktuğun cümleler artık güzel gelecek, o muhteşem cümleyi sen de kullanacaksın hem de her zaman her yerde.
Avazın çıktığı kadar seni seviyorum diye bağırdığında aynı karşı dağdan seken bir ses gibi o da sana seni seviyorum diyecek.
Ve mutlu olacaksın.
En sonunda
mutlaka
mutlu olacaksın.

ÖPÜNCE GEÇER

Sonunda ne olacak diyorsan, aynı soruyu bir çok insan soruyor. Hayatı paylaş, yeteri kadar affet ama neyi affettiğini unutma.

Sahip olduğun her şeyi kaybetmek uğruna aşık olur muydun? Bence olurdun. Çünkü dünyadaki tüm kötülüklere inat onun gülümsemesi her şeye değerdi.

Çocukken bize öğrettikleri gibi, öpünce geçer mi tüm acılar? Acılar geçer mi bilmiyorum ama ne hayat paylaşınca güzel olacak ne de affetsen bile unutacaksın. Ve hiç bir acı öpülünce geçmeyecek.
Her sabah içtiğin kahvenin tadı aynı olabilir, bir çiçeğin dalından mutluluk koparılabilir ama kötülük denen şey insanın içine işledi mi orada durmak lazım.
Her sabahtan farklı bir sabah yaşamak istiyorsan uzaklaş dış etkenlerden, bir süre kapan kendi içine ve kendini dinle.

Ne olmuş yani şarkılar tat vermiyorsa artık?
Ne olmuş yani eskisi kadar güçlü hissetmiyorsan kendini?

Kendi kendine sormuyor musun eskiden güçlüydüm, şimdi farklı olan ne?

Bazen kendimizi boşluğa ve zamana bırakmak gerekir. Akrep

yelkovanla birleştiği zaman bozuk bile olsa ve bir kere doğruyu gösteren saat kadar olamıyorsan, ne olur biliyor musun?

Hiçbir şey.

Çünkü sen dünyadaki en güzel zamanlamasın.

İnsanlar seni sevmeyebilir, sana bakınca bundan bir şey olmaz diyebilir.
Ben senden eminim ve gün gelip devran döndüğünde herkes kimin ne olduğunu görecek.

Bu hep böyledir.

Onlar kendilerine zamanında yakıştıramadıklarını sana yakıştırırlar.

Yakıştırdıkları ne varsa sana çok yakışıyor merak etme, çünkü sen üstüne ne giyersen hepsi sana çok yakışıyor. Bırak insanlar seni öyle bilsinler.
Bilmesinler diye kendimizi oraya buraya mı atalım? Hem hadi attık diyelim kaybolan eşyalar ne zaman bulunmuştur, bi hep bulunmayı mı bekleyeceğiz?
Bizi bulsalar bile tozumuzu bile silmezler onlar, çünkü yalancılar. Ağızlarına o kadar çok işlemişki yalanları.
Mesela en büyük yalanları ne biliyor musun?
Gözümüzün içine baka baka seni seviyorum diyorlar.

Bu cümleyi o kadar rahat kuruyorlarki...
Çocukken öpünce geçiyordu ya, şimdi pansuman yapsalar bile geçmiyor.
Dikiş atıyorlar, izi kalıyor...

SAKIN DÜŞME

Olmayacak duaya amin demek diye bir şey var ya hani, eğer bir duaya amin dersen o elbet kabul olur.
İmkansız dediğin şey sensin ve bunun farkında değilsin.
Her insan bir mucize eseri doğar ama kendi mucizesinin farkında değildir.
Kendinden vazgeçme, hele birisi yüzünden hiç geçme. Gün gelip de taşlar yerine oturduğu zaman anlarsın bu söylediklerimi.

Taşlar yerine oturur derken kaybolan bir puzzle'ın parçasını bulmak gibi düşünme.
Seyir halinde giden bir otobüsün lastiği patlayabilir, sen içinde giden yolcu değil de bizzat otobüs olduğunu hayal et. Seninle beraber gülen ağlayan insanları düşün. Bir yerine en ufak bir şey olsa içleri cız edecek insanları hayal et.
Bazen birileri için yaşamak gerek, seni seven insanlar için, kalbinin atışını duyan insanlar için, dış görünüşüne önem vermeyen insanlar için.
Hatırladın değil mi onları?
Sevgilin seni sevmiyor olabilir, ya da dostlarının hepsi sana

kazık atabilir, yıkılıcak mısın hemen?
Bulutlar kadar büyük ama bir o kadar da hafif olman gerek, her an her şey gelebilir başına.
Çay içerken dilin yandı diye yemeyecek, içmeyecek misin bir daha?

Öyle düşün işte.
Biraz rahat, biraz garip, biraz sen gibi...

Odanda bulduğun o tokayı hatırla mesela yada bir tesbihi.
Eline aldığın an bundan yıllar ya da aylar öncesine dönüp bir damla göz yaşı dökebiliyorsan insan olmuşsun demektir, aşık olmuşsun demektir, sen olmuşsun demektir.
Keşke kaybolan şeyleri bulduğumuzda bu kadar temiz karşılayabilsek.
Bazen öyle şeyler kayboluyor ki, bulmak istemiyorsun bir daha.
Çünkü bulursan canın acır, acıdıkça acıtmak ister, istedikçe mahvolursun.
Başladığın işi bitirebilirsen eğer, başın dik şekilde aşık ol diyorum.
Ve düşünme bugüne dek beni neden sevmediler diye.

Gözünden akan tek damla yaş yüzündeki gamzende buluşur, kendine ağlarsın.
Bazen gülmek ilaçtır.
Gülemiyorsan da zorlama.
Ama başın dik olacaksa zoru başarmak zorundasın.
Neden mi bunları söylüyorum?
Çünkü ben senden öğrendim güçlü olmayı. Sen düşersen ben de düşerim.
Ve düştüğüm zaman sana bakar, kalkarım yeniden.
Çünkü bilirim, sen de kalkarsın.
İnan...

Artık çok uzak biliyorum.
Benim denizim
ufuk çizgisinde başlıyor sana.
Bir şeyler
her seferinde
başlamadan bitiyor
yine.

ŞİMDİ KİM DOKUNUYOR SANA?

İnsanlar gelirken gülümseyip giderken hoşçakal bile demiyorsa, gerçekten insanlık ölmüş demektir.
İçinde bulunduğun durumu kusmak istiyorsan, içindekiler insanlara fazla gelebilir.
Çünkü biliyorum, haddinden fazla küfür var ve insanlar küfür duymayı sevmezler, kendi hayatlarında sanki kullanmıyorlarmış gibi.

Bazen isyan etmek bizim de hakkımız ama Allah'a değil, insanlara..
Kimsenin kimseye saygısının olmadığı bir dönemde kim nasıl sakin kalabilir?
Sakin kalmak için ilk önce huzura ihtiyacımız var ve bunu bir türlü anlamıyorlar, bir parça huzuru çok görüyorlar.

İnsanlar anlamadıkları şeylerden korkarlar. Belki de bu yüzden herkes aşık olmaktan korkuyor.
Çünkü bilmiyorlar aşık olmayı, gerçekten aşık olmak çok uzak onlara. Birisi gerçekten aşık olduğunda onlara, bunu yadırgıyorlar, o güzelim duyguları hiç ediyorlar.
Hastalık gibi düşünüyorlar belki de, hemen ilacını alıp uzaklaşıyorlar.
Ama ısrarla söylüyorum, en etkili ilaç sevgidir ve bir türlü kullanılmıyor.

Ayrı kalınca ya da bir yerden başka bir yerlere gidince kurtulmuş mu olur insan?
Peki gittiği yerde mutlu olur mu?
Sevdiğin insan aklındayken yediğinin ya da içtiğinin bir tadı var mıdır?

Ne kadar içersen için sarhoş olmayacaksın, ne kadar yersen ye doyamayacaksın ve ne kadar gidersen git mutlu olamayacaksın.
Bir sabah bir otel odasında uyanıp tavanı izlerken bulacaksın kendini.
Yatağın sağ tarafında yatanı değil de tavanda canlanan o surata ağlayacaksın.

Mutluluk bir göz yaşı kadar tuzlu, denizler o gözyaşı kadar derin değildir.
Ama bir damla gözyaşında boğulur insan. Hıçkıra hıçkıra ağlarken aklına tek bir soru gelir:

Şimdi kim dokunuyor sana?

Dünyadaki en ağır soru değil mi bu?
Avazın çıktığı kadar bağırmak istesen de seni kimse duymaz, kendi sessizliğinde boğulursun…

Sen sen ol.
Sen ben olma.
Bir otel odasında kendi kendine konuşup bir damla göz yaşında boğulma.
Çünkü biliyorum sen dayanamazsın buna.
Kırılırsın.
Hayattaki her şeyi kırıp dökebilirim ama senin gibi insanların kırılmasını asla istemem, istemedim de.

Sonuç ne mi oldu?

Bunu yazdım.
Daha güçlü ol diye…
Sen ben olma diye…

Dünyanın
rezilliğinden
çocukluğuma
sığınırım.

TEREYAĞI BAL

Sabahları artık eski sabahlar gibi olmuyorsa, merak etme kimsenin olmuyor.

Artık pazar kahvaltıları yerine pazar kavgaları var insanların, insanlar birbirlerine dayanamıyorlar.
Ne olurdu bir baba evladına tokat atmak yerine ekmeğin üzerine bal sürseydi?
Ve neden sen afiyetle yemek yemek isterken, şimdi suratında kocaman bir kızarıkla halıdaki desenleri inceliyorsun?
Hayat bu kadar kolay mıydı?
Ya da kim fısıldadı kulağıma benim hayat çok kolay diye, bu yalana kim, nasıl inandırdı beni?
Hadi fısıldadı diyelim, ben neden bu kadar kolay inandım?
Sevdiğimiz değerleri bir bir kaybediyoruz. Hepsini koy bir kenara, sevgi denen şeyi nasıl bu kadar kolay kaybedebiliyoruz?

Sevgi demişken, beni daha ailem bile sevmemiş, sevgilim neden sevsin diyorsan, bunda da haklısın.
El olanın el kapısı gibi. Elini tutsan senin değil, içeri girsen misafirsin.
Ama hayat öyle bir şey ki, kimse misafirperver değil.

İnsanların istediği gibi olmayabilirsin. Onlar senden fazlasını ister ama sana hiçbir zaman sormazlar maviyi ya da bulutları biliyor musun diye?

Gökyüzünün rengini bilmeyen insanlar senden uçmanı beklerler.
Ama kanatlarının kırık olduğunun farkında değillerdir.
Çünkü her aşk insanın kanadını kırar ve kanadın kırıkken sen nasıl uçabilirsin?
Düşünmezler...
Kendilerinden başkasını düşünmezler...

Olsun.
Her zamanki gibi, buna da kocaman bir "olsun!"

Kimse benim yüzüme bakmıyor diye düşünme çünkü sen benim gördüğüm en güzel yüze sahipsin.
Öz kardeşin bakmayabilir, sevgilin, ailen, dostların bakmayabilir ama sen kendi kendine de yetebilirsin.
Git tek başına kahvaltı et mesela, kendi ekmeğinin üzerine bal sür ve afiyetle ye. O esnada babanın sana bisiklet sürmeyi öğrettiği zamanları düşün elinde tek o anılar kaldıysa.
Sahip çık yine de güzel anılarına...

Korkak insanlar gibi olma. Çünkü korkaklar sadece arkalarına bakarak yürürler.
Sen hayatımda gördüğüm en cesur insansın.
Hayat çok sıkıcı ve sıcak olabilir ama çocukken oflaya puflaya gittiğin fırının dönüş yolunu hatırla.
Evet gitmek çok sıkıcıydı ama dönüş yolu çok sıcaktı.
Çünkü o sıcacık ekmeğin ucunu koparıp afiyetle yerken ne yolu düşünürdün ne de yolun sıkıcı olduğunu.
Eğer sen de ekmeğin sadece ucunu koparıp yiyenlerdensen, hayata bir sıfır önde başladın demektir her şeye rağmen.
Ve sen o ekmeğin ucunu koparan halinle çok güzelsin, bunu asla unutma.

Bir ihtimal daha var.
Aklından onca kötü senaryo geçerken, kendini bir bilinmezin ortasında yapayalnız hissederken, uzanmayan ellerin, bir tatlı dilin, sıcacık bir anne şefkatinin yoksunluğunda, yine de çok uzaklardan gülümseyen bir ihtimal daha var senin için.
Aç yüreğinin penceresini ve içeri buyur et.
Bir ihtimal de olsa hayatına yaklaşan güzellikleri, bir merhabanın ardından seyret...

KENDİ KENDİME YAPTIM

İnceldiği yerden kopardılar ama yapıştırmadılar. Dinle deyip susturdular. Ellerinden gelen her şeyi yaptılar...

Kırdılar, kırıldım demedim.
Düştüm, kaldırmadılar. Çok da ihtiyacım yoktu zaten.
Kendini öylece yerde bulmuşsan ve yardıma ihtiyacın varsa...
İsteme, etmezler çünkü.

İki yakası bir araya gelse bile insan olamaz bazısı.
Sahi kim gerçekten yan yana gelebilirki zaten? Sen Anadoluysan o Avrupa olur, bir araya gelemezsiniz. Köprüler kursanız yıkılır, birleşemezsiniz.
Neden?
Çünkü sen insansın, merhametin var bir kere.

Aşık olmak kolay sanıyorlar halbuki zor iş.
En sevdiğin şarkıyı hatırla, ne güzeldir değil mi? Aynı onun gibi. Güzeldir ama her zaman biter, tadı damağında kalır ve bir farkı vardır.
En sevdiğin şarkıyı baştan dinleyebilirsin ama onu baştan yaşayamazsın. Bir şey gitti mi gider, arkasına da bakmaz.

Kaç defa dur demiştim kimse durmadı bir taksiden başka. Ben de bindim, sür dedim hayallerime. Hayallerime gitsem mutlu olur muyum bilmem. Bir otobüs değildiki son durağı olsun, öylece gidiyordu, ne durağı vardı ne de varacak bir hayali.
Sonra inip yürüdüm bir sahil kenarında. Kaç kişi üstüme geldi bilmiyorum ama ben herkesi ona benzettim. Sahi ne kadar da benziyordu herkese, tanıdığımı zannetmiştim onu. Meğer gerçekten de sahildeki insanlar gibiymiş, herkesten farksızmış, tanımamışım hiç, o hep yabancıymış bana…

Birini tanımak için ona dokunmak ya da sarılmak yetmiyormuş, o gidince anladım. Gerçi o mu gitti yoksa ben mi kayboldum onu da bilmiyorum.
İnsan oğlu ne garip. Alışıyorsun bir şeye, sanki hiç gitmeyecek gibi duruyorsun olduğun yerde. Sende değişen bir şey yok ama o değişiyor, sonra gidiyor.
Herkes gider.
Herkes gider ve sen tek kalırsın. Tek kalınca anlarsın yalnızlığın aslında tek aşkın olduğunu.

Kurdum kendimi bir saat gibi, uyanmayı bekliyorum.
Bir gün biri gelecek ve uyan diyecek, uyan kalk bu kabustan.
Kendimi ne kadar kursam da uykum yok bugün.
O zaman kim gelecek?
Ya da ben uyanabilecek miyim bu kabustan?
Belki bir gün uyanırım.
Ama şunu iyi biliyorum, bir gün uyandığımda herkes gitmiş ve ben kendimle barışmış olacağım.
Uyanana kadar kendime düşmanım.
Çünkü ne yaptıysam hepsi benim yüzümden.
Kimse beni zorla kendine aşık etmedi.
Ne yaptıysam ben kendi kendime yaptım.

Bu kadar sahteliğin içinde tertemiz kalabilmek de bir güçtür.
Yalana değmemek, hak yememek, vicdanı terk etmemek ve iyi kalmak için direnmek de güçtür.
O sensin.
Sen hayattan daha güçlüsün.

AH ALMA

Peki ya şimdi ne olacak, eskisi gibi olacak mı her şey?

Yeniden sevebilir misin birini?
Birisi seni seviyorum diyince kaçanlardansın, neden?
Sevilmekten korkun niye? Merak etme birinin seni sevmesi hiç bir zaman kötü bir şey değildi. En büyük yaranı görüp birisi merhem olmak istedi ama sen çare istemiyorum dedin.
Sen çare istemiyorsan, doktoru da rahatsız etme o zaman. Hem doktoru rahatsız edip hem de ilaç istemiyorum diyorsan, başka hastanın yerini alıyorsun demektir.
Bunu ister miydin? Bir insanın senin yüzünden hastalanmasını ya da acı çekmesini ister miydin gerçekten?

Hayır dediğini duyup sana şunu soruyorum, neden o zaman birine acı çektiriyorsun?

Sen bu hikayede hasta değil doktorsun aslında, bunu anlamalısın.
Sen hem kendini hem onu tedavi etmek yerine, önlüğünü çıkarıyor ve birini kaderine terk ediyorsun. O zaman ne o önlüğü bir daha giy, ne de birine yardım etmeye çalış.
Çünkü sen doktor değil, bir bakıma katil oluyorsun bu durumda.
Sevmek, sevilmek, aşık olmak, adına her ne diyorsan. Ya gerekeni yap ya da gerektiği gibi davran. Aşkın siyahı beyazı yok, kimse de gri yaşamak istemez.
İçinde, dışında ne varsa çıkar, ağlayacaksan ağla, susacaksan sus.
Ama ah alma...
Kimsenin günahına girme.
Bunu deneme bile.
Sadece karar ver ve yap, o kadar.

Olmuyorsa, zorlama.
Israr karanlığı çağırır bazen,
vazgeçmek aydınlıktır.

İNSAN AFFEDİNCE UNUTUR

İnsanlar hep soruyor değil mi, bu kadar yıldır seviyorsun, bu kadar acı çekiyorsun, içinde yangınlar koparken oturmuş yıkılmayan bir dağ gibi duruyorsun.
Değer mi?
Bunu sorduklarında sen de benim gibi cevap verirsin bence.
Az bile…
Evet gerçekten az bile.
İnsan sevgisinin arkasında durdukça insanlaşır. Hem sevmek ne zaman günah ya da ayıp oldu?

Yandım söndürmeyin diyorum artık. Bırakın kendi kendime kül olayım. Belki Ahmet Kaya'nın da dediği gibi, bir anka kuşu gibi küllerimden doğarım.
Hayatta her şey değişebilir. Okuduğum okul, yediğim yemek, oturduğum semt, her şey değişebilir.
Ve tekrar şansın olsa bunların bir çoğunu değiştirmek isterdin belki sen de.

Peki değiştirmeyeceğin tek şey nedir desem herkes aynı şeyi söyler. Annem aynı kalsın. İşte aşk da böyle bir şey. Her şey değişebilir ama aşk asla. O duyguyu taşıdıkça, onun tükenmesini ya da değişmesini istemezsin asla.

Suçlu değilim. Sadece aşığım diyorum artık.
Tutunmaya çalışıyorum hayata. Bir dal kırılsa diğerine, bir dal kırılsa başka bir dala.
Kırılan daldan özür dileyen bir insan ne kadar kötü olabilir ki?
İnsan her şeyi sevmeli, bir çiçeği, bir ağacı, her şeyi. Onu da Allah yarattı, seni de.
Aslında hiç bir farkımız yok, sonu başı hep aynı…

Yutkunuyorum sesim çıkmıyor, sadece bekliyorum.
Başka birini değil, unutacağım günü.
En fazla onu bekliyorum.
O gün hem ruhum hem bedenim özgür olacak.
Peki insan nasıl unutur?
Sanırım affederek.

Affet onu..
Bırak özgürlüğüne.
Onun için her şeye değer ve artık affetmek gerek.
İnsan affedince unutur…

Anlatmak istediğim çok şeyden vazgeçtim. Bilirsin, bir noktadan sonra anlatsan da sesin çıkmıyormuş gibi gelir. Kendini bile duyamaz olduğun an, insanlardan beklentilerinin tükendiği andır.
Duymayan kulaklara yüreğini açıp kendine haksızlık etme.
Önce kendine anlat ve kendini dinle.

UNUTMA

Son bir nefesle başlar hayatın. Son bir gayretle merhaba dersin dünyaya.
Ben söz verdim ve sözlerimi tutmaya hazırım. Gerek dostlarıma, gerek aileme, gerek sana.

Keşke yeniden çocuk olsam diyorum.
Hayallerimin peşinden daha hızlı koşardım, yaşatılan her şey bir daha gelse önüme gözümü kırpmadan iki katı koşardım.
Yolun yarısındayım belki ama yapacaklarım çok. Belki hiç bir zaman bir çocuğum olmayacak. Ama ben çok kişinin abisi olacağım. Her kötülüğün karşısında dimdik, her iyi insanın yanında duracağım.
Kendimden fazla herkesi çok düşündüm. Şimdi geriye dönüp baktığımda yanımda kimse yokmuş aslında, tek kalmışım öylece bir başıma.
Ne olursa olsun.

ZEUS KABADAYI ARTIK DAHA GÜÇLÜYÜM

Ben gene aynı benim. Aynı da kalacağım.
Bu kadar insan beni severken kendi doğrularımdan şaşmayacağım.
Hayat bir otobüs gibi, son durağa gelene kadar ayaktayım, oturmaya ihtiyacım yok.
Hayat beni nereye götürürse götürsün, o en son durağa geldiğimde arkamda güzel izler bırakmış olacağım.

Ve şu an bunu okuyorsan, ben hep senin yanındayım unutma.
Hiç karşılaşmamış, hiç birbirimize sarılmamış olabiliriz.
Ama düşüncelerimiz bir, ruhumuz tek.
Ne zaman ayna karşısında konuşsan ben oradayım, gece yatarken ya da sabahın ilk günaydınında.
Ben iç sesin.
Hep orada olacağım,
unutma.

Her hikaye biter, biliyorum.
Sonunu kendim yazıp, her defasında yeni bir cümleye başlıyorum.
Sen de öyle yap.

Çünkü herkes kendi hikayesinin kahramanıdır.
Yenilir ama mağlupken de ayaktadır.